KB040146

엄마와 함께한 세 번의 여행

엄마와 함께한 세 번의 여행

엄마를 보내고, 기억하며

이상원 지음

삶과
이야기
1

갈매나무

2017년 9월 9일,
세상 여행을 끝내고 영면에 드신
우리 엄마 김정실 님께 이 책을 바칩니다.

차례

첫   번   째
여   행

50세 딸과 80세 엄마가
한 달 동안 남미를 돌아다니다

두 　 번 째
여 　 　 행

췌장암 말기 진단을 받은 엄마의
마지막 7개월을 함께하다

세 　 번 　 째
여 　 　 　 행

엄마가 남긴 일기를 읽으며
엄마의 삶과 만나다

삶이라는 여행에 대해

세상살이가 소풍이라고 했던 시인도 있지만 나는 삶이 여행이라고 생각한다. 새로운 장소, 새로운 사람, 새로운 경험이 계속 이어지는 여행.

이 책은 엄마와 함께했던 세 번의 여행을 기억하기 위한 것이다. 첫 번째는 배낭을 메고 떠난 1개월의 남미 여행이고 두 번째는 남미 여행에서 돌아온 다음 날 엄마가 췌장암 말기 진단을 받으면서부터 시작된 7개월의 이별 여행이며 세 번째는 엄마의 임종이 가까웠을 때 찾아내 읽기 시작한 엄마의 글을 통해 그 삶을 새로 접하게 된 여행이다.

매번의 여행에서 나는 엄마에 대해, 세상살이에 대해, 그리고 나 자신에 대해 조금 더 알게 되었다. 여행은 곧 배움이니 말이다.

이 책이 삶이라는 여행에 대해 다시 한 번 생각해볼 계기가 된다면, 우리들의 엄마가 거친 여행길을 조금이라도 더 이해하고픈 마음을 불러일으킨다면 영광이겠다.

2019년 11월

이 상 원

첫 번째 여행

50세 딸과 80세 엄마가
한 달 동안 남미를 돌아다니다

"80세는 여행하는 한 해로 삼을 거야."

≋

엄마는 여행을 좋아했다. 70대가 된 후에는 계절마다 당일 여행이라도 다니시곤 했다. 동창회 나들이도 있었고 친구들 두셋과 패키지 여행을 가기도 했다. 엄마가 활동하던 단체에서도 여행 기회가 많았다. 라오스 패키지 여행이 처음 등장했을 때는 씩씩하게 혼자서 다녀오셨다. 마침 엄마보다 열 살 정도 아래인 여자분이 혼자서 온 덕분에 짝이 되어 잘 다녔다고 했다.

여든이 되는 2017년은 특히 여행을 많이 하는 해로 삼겠다고 엄마는 말했다. 세 자식 가족들과 다 함께 일정 맞춰 여행 가기는 쉽지 않으니 한 번은 첫째네, 한 번은 둘째네 하는 식으로 나눠서 갈 작정이셨다. 여행에 더해 여든은 밥 사는 해라고도 했다. 엄마 선배님이 여든인 사람은 누구와 만나든 밥을 사야 하는 거라고, 꼭 비싼 건 아니더라도 그렇게 하는 거라면서 여든일 때 늘 밥값을 냈다는 것이다. 여든까지 건강하게 돌아다니며 사람들을 만나고 밥 먹을 수 있는 데 대한 감사의 표시인 모양이라고 나는 짐작했다.

나도 엄마랑 여러 번 여행을 했다. 내 결혼식을 앞두고 전남 해남에 갔고 통번역대학원을 마치는 기념으로 홍콩 여행을 다녀오기도 했다. 반년쯤 앞서 일찌감치 예약해두었던 홍콩 여행은 IMF 사태로 달러가 급등하는 바람에 고민하다가 초절약형으로 다녔던 기억이 있다. 내가 마흔을 넘기고 삶이 어느 정도 예측 가능해진 후에는 대학의 중간고사 때나 방학 때 짧은 여행을 다니게 되었다.

엄마는 물건 사는 데 관심이 없었고 새로운 음식 먹는 데도 열광하지 않는 유형이었다. 엄마에게 여행은 일상을 떠나는 새로운 경험을 의미했던 것 같다. 새로운 장소에서 새로운 것을 접하는 경험도 중요했지만 살림을 하고 밥을 하는 그 일상에서 잠시라도 떠난다는 점이 더 중요했을지 모른다. 내가 자라면서 본 엄마는 늘 집을 지키고 밥을 해주는 존재였다. 본격적으로 여행이 가능해진 건 막내까지 결혼시켜 내보낸 후, 거기에 7년 동안 반신불수로 누워 지냈던 외할머니 병 수발이 끝난 후였고 그때 엄마는 일흔이 되기 직전이었다.

　엄마가 여든이 된 2017년, 이른바 '여행의 해'가 시작된 1월에 남미로 떠나게 된 건 사실 애초부터 내 계획은 아니었다. 스페인어 통번역사이자 스페인 문학도이고 스페인어 교수이기도 한 지인 성 선생님이 2016년 초가을에 불쑥 말을 꺼냈다.

　"남미 갈 생각 없어?"

　"남미? 그 먼 데를? 기간을 길게 잡아야겠네?"

　"한 달은 잡아야지. 이번 겨울방학 때 가면 거긴 여름이야."

　금방은 답이 나오지 않았다. 한 달 여행이라니. 러시아 어학연수 이후로 그렇게 오래 떠나본 적은 없었다. 며칠 생각해보겠다고 했다. 답이 나오기까지는 오래 걸리지 않았다. 이구아수 폭포며 마추픽추를 볼 기회가 언제 또 온다는 말인가. 게다가 스페인어를 잘하는 절친한 분과 함께하는 여행이라니 얼마나 큰 이점인가. 성 선생님과 나는 서로의 일정을 맞춰본 후 2017년 1월 17일에서 2월 17일까지로 날짜를 잡았다.

　다음은 함께 떠날 사람을 구할 차례였다. 총 네 명 정도 인원이면 좋겠다는 것이 성 선생님 생각이었다. 역할을 나누어 맡기에도, 택시 타고 이동하기에도 적당한 수였다. 나는 바로 엄마를 떠올렸다. 그 가을에 여행팀 최고령자로 백두산 탐방을 끄떡없이 소화하고 온 엄마였으니 여행 능력에는 문제가 없었지만 성 선생님이 부담스러워할까 봐 조심스럽게 얘기를 꺼냈다.

다행히 성 선생님은 단박에 좋다고 했다. 엄마랑 함께 다니는 게 재미있을 것 같다고도 말해주었다. 엄마는 내가 남미 여행이라는 말을 꺼내자마자 "가야지. 난 무슨 일이 있어도 꼭 간다고 성 선생님한테 전해라."라고 대답했다. 엄마와 성 선생님은 미술관 나들이 때 딱 한 번 잠깐 만나 본 사이였지만 긴 세월 동안 내가 워낙 온갖 이야기를 양쪽에 전한 탓에 서로에 대한 정보는 꽤 많은 편이었다.

세 명이 정해진 후 나머지 한 명은 나와 성 선생님이 모두 잘 아는 사람으로 구하기로 했다. 하지만 쉽지 않았다. 비용도 비용이었지만 한 달이라는 시간을 빼는 것부터 어려운 일이었다. 비용과 시간이 된다 싶으면 건강이 자신 없다고 했다. 여행사 패키지가 아닌 배낭여행이기 때문에 더욱 그랬다. 결국 추가 섭외는 실패했고 세 사람 여행으로 확정되었다.

그 시점에 엄마가 한 번 망설이는 모습을 보이기도 했다.

"혹시라도 내가 제대로 못 따라다녀 짐이 되면 어쩌니. 포기해야 하는 것 아닌지 모르겠다."라는 말에 나는 "엄마, 남미 여행은 누구한테든 힘들어요. 지금이 엄마 제일 젊은 때잖아. 나머지 둘이 50대라곤 해도 셋 중 누가 제일 먼저 짐이 될지는 아무도 몰라요."라고 설득했다. 엄마는 바로 수긍했고 망설임은 그걸로 끝이었다.

2017년 1월 남미로의 출발 이전에 아버지와 언니 등 다른 가족을 끼운 짧은 여행을 계획했지만 성사되지 못했고 결국 남미는 여행하는 80세의 첫 행선지가 되었다.

"어머나, 짐이 이게 다예요?"

~~~

부에노스아이레스 공항으로 우리를 마중 나온 분의 첫마디였다. "아니, 어떻게 된 게 한 달 여행하신다는 분들 가방이 제 한 주 여행 채비보다도 적네요. 차 한 대로 될까 걱정하면서 나왔는데 두 대로 나왔으면 우스운 꼴 될 뻔했어요." 우리 셋은 그저 미소를 지었다.

세 사람이 각자 배낭 하나씩이었으니 사실 짐이 많지 않았다. 배낭도 머리 위로 훌쩍 솟아오른 등산 배낭이 아닌 대학생들 책가방 크기였다. 이렇게 된 데는 여행 짐은 적을수록 좋다는 세 사람의 평소 생각이 일치한 덕분도 있지만 남미라는 여행지의 특징도 작용했다. 여행 일정을 잡으면서 이런저런 사이트에서 접하게 된 여행기 중에는 오싹한 경험담이 많았다. 택시 기사가 강도로 돌변하기도 했고 비행기에 실은 짐이 통째로, 혹은 일부 내용물이 사라지는 일이 빈번하다고 했다.

고민 끝에 생각해낸 한 가지 대처법이 바로 짐 크기를 줄이는 것이었다. 그러면 남미 내를 항공으로 이동할 때 짐을 갖고 탈 수 있으니 분실 사고가 예방된다. 택시를 탈 때도 짐칸에 가방을 넣지 않고 좌석에서 안고 가기로 했다. 뭔가 잘못되었다 싶으면 바로 가방을 메고 택시에서 내릴 수 있도록 말이다.

사실 여행 짐이라는 건 옷가지와 필수품이면 된다. 엄마와 나는 화장을 하지 않으니 화장품이 필요 없었고 성 선생님도 화장은 포기하겠다고 했다. 고추장 등 밑반찬이나 라면도 넣지 않았다. 세 사람 모두 한 달쯤은 한국 음식을 못 먹어도 아무 문제 없다고 자신하는 유형이었다. 겨울의 한국을 떠나 여름의 남미에 가는 것이니 겨울 외투만 해도 한 아름이 될 수 있었지만 출발과 도착 차림은 경량 패딩 안에 여러 겹 껴입는 것으로 해결하기로 했다.

남미 한 달 여행이기 때문에 특별히 준비해야 하는 물품도 있었다. 상비약을 하나하나 챙겨 넣었고 세탁용 가루비누도 작은 비닐봉지에 덜어 담았다. 남미에서는 휴대전화를 손에 들고 다니는 일은 절대 금기이고 금 목걸이도 하지 말라고 했다. 오토바이 소매치기가 휴대전화나 목걸이를

낚아채 갈 때 넘어져 다치기 십상이라는 것이다. 금 목걸이
는 어차피 할 생각이 없었지만(황금의 땅이었던 남미에서 금 목
걸이 소매치기를 조심해야 한다니 어째 역설적이었다.) 휴대전화에
대해서는 대책을 세워야 했다. 남미 여행자들을 위한 웹사
이트에서 권고하는 대로 휴대전화에 고리를 붙이고 그 고
리와 손가방의 지퍼 고리를 줄로 연결해두었다.

등에 멘 배낭을 뒤에서 누군가 열고 털어가는 일이 없
게끔 배낭 전체를 감싸는 커버며 지퍼 자물쇠도 준비했다.
제일 재미있는 준비물은 주머니 달린 팬티였다. 남미에는
신용카드 사용이 어려운 곳이 많고 현금 인출도 쉽지 않으
며 자칫 카드가 위조될 위험도 크다기에 결국 한 달 동안
쓸 달러화를 다 들고 가기로 했다. 그 달러화를 분산해서
지참하기 위한 방법으로 주머니 팬티가 등장한 것이다. 배
낭이 털리고 손가방이 털려도 팬티 주머니에 넣어둔 현금
은 남을 테니까.

남미 여행객들의 사건 사고 경험을 읽으면서 나는 최대
한 안전 지향의 일정을 짰다. 소금 호수로 유명한 볼리비아
는 포기했다. 볼리비아에서 강도를 당했다는 경험담이 많
았던 데다가 숙박이나 교통도 관광하기에는 미흡한 수준으

로 보였다. 그리하여 한 달 동안 남미 3개국, 10개 도시를 돌아다니는 일정이 결정되었다. 아르헨티나(부에노스아이레스, 이구아수, 바릴로체, 엘 칼라파테, 우수아이아), 칠레(푼타 아레나스, 산티아고), 페루(리마, 쿠스코, 아레키파)였다.

도시 간 이동은 시간과 에너지 절약, 그리고 사고 예방을 위해 비행기로 하기로 했다. 스무 시간 넘는 버스 이동은 20대 젊은이들이나 하는 거라고 중얼거리면서. 각 도시로 비행기가 도착하는 시간도 밝은 낮으로 했다. 야간에 돌아다니는 일정은 아예 넣지 않았다. 엄마가 초저녁에 잠들어 새벽부터 활동하는 분이기도 했고 50대의 우리도 장기 여행에 무리하고 싶지 않았다.

출발 비행기 탑승을 기다리면서 나는 "한 100달러 정도는 털릴 각오를 합시다."라고 말했다. 성 선생님은 왜 미리 털릴 작정을 하느냐고 질색하면서도 "거기 사람들은 여행객들 돈 좀 나눠 쓰는 거라고 생각해 소매치기에 죄책감을 느끼지 않는다고 하던걸. 우리도 기부는 좀 해야 할지 모르지."라고 대답했다.

결과적으로는 아무것도 털리지 않았다. 상비약도 건드릴 일이 없었고 휴대전화며 여권도 무사했다. 준비가 철저한 덕분이라기보다는 운이 좋았다고 해야 할 것이다. 백발

의 할머니 한 명과 머리가 희끗한 중년 아줌마 두 명 일행
한테 뭔가 털 만한 것이 없어 보였을지도 몰랐다.

"내 손이 이렇게 한가했던 적이 없구나."

~~~
~~~
~~~

여행을 시작한 지 불과 며칠 만에 엄마가 호텔 방에서 두 손을 내려다보며 말했다.

그럴 만했다. 엄마는 스물여덟에 결혼한 이후 늘 손이 바빴다. 내가 고등학생일 때까지 대학에서 불어 강의를 하기도 했지만 엄마의 주된 활동 무대는 집이었다. 늘 시간 맞춰 식구들을 위한 밥상을 차려내는 일을 필두로 맏며느리로서 제사와 명절을 준비했다. 내가 초등학생이던 시절에는 아이들 생일마다 케이크를 구웠고 겨울이 다가오면 털장갑이며 목도리를 떴다. 마당 있는 집에 살게 된 말년의 20년 동안에는 아침저녁으로 마당의 개들 밥 챙겨주는 일까지 더해졌다.

엄마는 살림을 좋아했던 것일까? 그렇지는 않았던 것 같다. 힘에 부쳐했으니까. 두세 시간 열심히 손을 움직이고 나면 누워서 좀 쉬어야 했다. 문제는 마음 편히 남의 손에 일을 맡겨두지 못하는 성격이었다. 남이 해주는 식사 준비가 성에 차지 않으면, 그리고 남이 주도하는 살림에서 발생하는 낭비가 못마땅하면 직접 하는 것 외에는 방법이 없다.

밥하는 일에는 은퇴가 없다. 아버지는 직장에서 은퇴하고 책임과 의무에서 해방되어 연금을 받게 되었지만 엄마의 두 손에는 해방도, 연금도 없었다. 오히려 밥할 일이 더 늘어난 셈이었다. 옆에서 지켜보기가 안타까워 실버타운 같은 곳에 들어가면 어떻겠냐고 말씀드렸다. 최소한 밥하는 일은 면할 수 있으니 말이다.

엄마 친구들 중에는 그런 선택을 한 분이 이미 여러 분 계셨고 엄마도 친구를 만날 겸, 시설 견학도 할 겸 여러 군데 다녀본 참이었다. 하지만 가고 싶지 않다고 했다. 무엇보다도 대량 급식으로 나오는 밥이 엄마 마음에 들지 않았다. 많이 먹지도 않고 특별히 맛있는 음식을 골라 먹지도 않으면서 무슨 까탈인가 싶었지만 엄마는 그러니까 더더욱 자기가 원할 때 원하는 것을 먹는 일이 중요하다고 설명했다.

엄마가 집을 떠나기 어려운 이유 중에는 직접 지은 집에 대한 애착도 있었다. 친정집은 산 바로 옆의 다가구주택이다. 엄마가 건축가를 소개받아 함께 의논하면서 설계해 지은 집이다.

다섯 가구가 들어가는 그 집에서 엄마는 22년을 살았다. 지하철역에서부터 등산을 하듯 올라가야 하는 꼭대기 집이고 동서향이어서 남향 빛은 들어오지 않았으며 막다른 골목 끝 집이라 걸핏하면 주차장 앞을 가로막는 차들이 골치를 썩인다는 단점이 있긴 했지만 엄마는 울창한 나무들이 사계절 다른 풍경을 선사하는 창, 개를 키울 수 있는 작은 마당, 다른 사람 방해가 없는 조용한 공간(다섯 공간은 외할머니, 우리 부부, 남동생, 집 떠나 서울로 공부하러 온 조카, 서재를 쓰시는 아버지 등 온전히 가족들로 채워졌다.)이라는 장점을 좋아했다.

다가구주택을 짓기 전에 21년 동안 산 집, 내가 일곱 살부터 스물여덟 살까지 성장기를 다 보낸 집은 아파트였는데 엄마는 그 아파트를 별로 좋아하지 않았다. 엄마의 30대에 빚을 내어 어렵게 장만한 그 아파트가 완공된 모습을 처음 보는 순간, 로마 시대 기독교도들이 종교 박해를 피해 숨어든 지하 묘지 같은 느낌을 받았다고 했다. 줄 맞춰 늘어선 5층짜리 회색 건물들이 엄마한테는 묘지처럼 다가왔던 모양이다.

결국 엄마는 실버타운 대신, 원하는 공간에서 원하는 대로 해 먹으면서 사는 삶을 선택했다. 엄마가 원하는 대로 할 수 없었던 한 가지는 아버지의 존재였다. 아버지는 "밥 하는 게 뭐가 힘들다고! 쓸데없는 소리!"라고 일축하면서 때맞춰 밥상 차려지는 걸 당연하게 생각하는 남편이었다. 그리고 함께 먹는 사람에 대해 일체 배려가 없었다. 차려지면 자리에 앉아 말 한마디 않고 먹는 데 열중했고 다 먹은 후에는 휙 일어나 가버렸다. 자식들이 떠나고 엄마가 지은 집 아래층에서 오랫동안 함께 살았던 나까지 이사를 나간 후 엄마는 그냥 밥을 차려놓고 방으로 들어가버렸다고 했다. 엄마 쪽은 의무뿐이고 아버지 쪽은 권리뿐인 관계는 최악으로 치달았다.

한 달 동안 남미를 돌아다니는 힘든 여행에 엄마를 모시고 가겠다고 작정한 데에는 그런 매일의 스트레스에서 한 달만이라도 해방시켜드리고 싶다는 마음이 있었다. 매끼 밥상을 무엇으로 어떻게 차릴지 생각하는 일에서 벗어나는 것. 그 한 달은 최소한 그 점에서는 역할을 다했다. 아침은 숙소에서 주는 것으로 해결하고 점심과 저녁은 돌아다니면서 먹었다. 숙소에서 가볍게 한 끼를 해결하게 될 때도 가능한 한 내가 준비를 했다. 엄마의 두 손이 최대한 한가할 수 있도록.

"축구 할 때만 한 나라가 되는 것 같아요."

~~~
~~~

부에노스아이레스 공항으로 마중을 나와준 사람은 성 선생님 지인의 동생분이었다. 중학생일 때 아르헨티나로 이민을 와 대학까지 마친 후 사업을 한다고 했다. 그 언니, 그러니까 성 선생님 지인은 아르헨티나에서 교육을 받은 후 서울로 와서 통번역대학원에서 공부했고 통번역사로 일하면서 정착했다. 성 선생님과는 통번역대학원에서 처음에는 사제 관계로 만났고 이후에는 동료 관계인 사이였다.

첫날 저녁 식사를 함께하면서 여러 이야기를 나누었다. 아르헨티나 도착을 기념할 만한 메뉴인 소고기스테이크를 먹으면서. 아르헨티나에서는 소고기를 많이 먹는다는 얘기를 그전에도 익히 들었다. 사람들이 말했다. 아르헨티나에서 자란 학생은 한국에서 유학하면서 고기를 못 먹어 다들 빼빼 마른다고. 날 잡아 고기를 먹으러 가면 여학생들도 인당 3~4인분씩 해치운다고. 채소나 반찬 따위는 건드리지도 않고 고기만 먹는다고. 고깃집 주인은 처음에 주문 받으면서 한 번 놀라고 깨끗이 먹어치운 것을 보면서 한 번 더 놀란다고.

우리가 갔던 식당은 한 번에 스테이크가 나오는 것이 아니라 순서대로 각 부위별 요리가 계속 나오는 방식이었다. 한 순서로 나온 고기조차 다 해결하지 못할 정도로 양이 많았다. 과연 소고기의 나라구나 싶었다.

안전한 여행에 대한 걱정이 많았던 우리는 현지인에게 궁금한 점이 많았다. 휴대전화는 정말로 들고 다니면 안 되나? 그렇다고 했다. 자기도 걸어 다니면서 휴대전화로 전화를 받는 일은 가능한 한 피한다는 것이다. 하지만 우리가 준비한 휴대전화 연결줄을 보면서는 뭐 그런 것까지 필요하겠느냐고 말하며 하하 웃었다.

사업을 하면서도 은행은 잘 이용하지 않는다고 했다. 다들 그냥 집에 현금을 보관하고 액수가 많아지면 달러로 바꿔둔다는 것이다. 이건 예전에 러시아에 갔을 때부터 익숙하게 봐왔던 방식이다. 인플레이션 우려도 있고 은행의 안정성도 의심스러울 때 사람들은 은행을 이용하지 않게 된다. 당시 러시아 은행에서는 해외에서 이체된 돈을 몇 달씩 기다리게 한 후 내주거나 아니면 아예 돈이 들어오지 않았다고 오리발을 내미는 경우까지 있다고 들었다.

교포 사업가는 이민 후 20년 이상이 흘렀는데도 여전히 한국 여권을 사용한다고 하여 우리를 놀라게 했다. "한국 여권이 얼마나 좋은데 이걸 포기하겠어요?" 비자 면제국 수에서 세계 최고 수준이라는 한국 여권의 장점은 나도 안다. 하지만 여권이 곧 국적이고 정체성이라고 생각하던 내게는 당황스러운 말이었다. 자국으로 이민해온 사람들이 출신국 여권을 사용하도록 하는 아르헨티나 정책이 잘 이해가 가지 않았다.

"여긴 이민자들의 나라이고 자기가 어디 출신인지 다들 밝히고 다녀요. 또 이곳 정치나 경제가 불안해지면 언제든 출신 국가로 떠날 준비들을 하고 있지요. 그래서인지 국내 선거에도 관심이 없어요. 벌금을 물어야 하는 강제적 방식이 아니었다면 투표도 거의 안 했을걸요. 아르헨티나 사람들은 국가 대항 축구 경기가 열릴 때만 한 나라가 되는 것 같아요."

국가가 무엇인가에 대한 내 고정관념이 깨지는 순간이었다. 어린 시절부터 내게 교육된 국가는 같은 혈통, 같은 언어, 같은 문화를 공유하는 사람들이 이민족에 맞서 정체성과 독립성을 유지해나가는 공동체였다. 그런데 그 어느 기준에도 맞지 않는 나라가 엄연히 국가로 존재하고 있다니!

부에노스아이레스 시내 중심가에 잡은 우리 숙소 근처에는 독립 영웅 산 마르틴 장군의 동상도 있고 산 마르틴 공원도 있었다. 내 고정관념에 따르면 산 마르틴 장군은 당연히 아르헨티나 원주민으로서 스페인 점령자들에게 대항한 존재여야 했지만 장군은 스페인 사람이고 스페인에서 교육을 받았고 스페인 군인으로 복무까지 한 사람이었다. 스페인으로부터의 독립이 스페인 사람의 주도로 이루어지다니 어리둥절했다. 우연찮게도 아르헨티나뿐 아니라 칠레와 페루까지, 그러니까 우리가 여행지로 삼은 곳 모두가 산 마르틴 장군을 통해 독립한 국가들이었다. 장군은 스페인 사람이 아닌 남미 사람의 정체성을 지녔던 것일까. 그럼 40대 후반에 다시 유럽으로 돌아가 그곳에서 생을 마친 것은 어떻게 해석해야 할까. 어쩌면 정체성이라는 걸 따지는 일 자체가 무의미할지도 몰랐다. 어떻든 생각의 전환은 쉽게 이루어지지 않았다.

여행 막바지의 페루 리마에서 성 선생님의 또 다른 지인 분 댁에 초대를 받아 저녁을 먹으러 갔을 때도 상황은 비슷했다. 그 지인은 한국 대학들에서 스페인어를 가르치는 페루 출신 선생님이었다. 여든이 훌쩍 넘은 어머니 집에는 자매들, 형제들, 조카들이 계속 드나들며 북적거렸다. 손님을 초대한 김에 다 같이 모인 것일까 싶었는데 늘 그렇게 식구들이 어머니 집에 드나들면서 식사도 하고 차도 마시고 얘기도 한다고 했다. 누구 한 명이 들어올 때마다 다들 일어나 양 볼에 입을 맞추며 환영하고 진심으로 반가워하는 모습이 인상적이었다.

지인 선생님의 언니는 자기 남편이 이탈리아 출신이라고 자랑스럽게 소개했다. 그 집 아들 하나는 독일 사람과 결혼해 독일에 가서 산다고 했다. 여든이 넘은 어머니는 영국계라고 했다. 이번 여행에서 앞서 거쳤던 아르헨티나나 칠레에 비해 페루는 원주민을 가장 많이 접할 수 있고 향토 문화가 살아 있는 곳이었다. 그럼에도 유럽 각국 출신의 사람들이 모여 페루라는 한 나라를 이루는 모습은 마찬가지였다. 물론 이 가족이 평균보다 더욱 국제적인 사례일 가능성이 있긴 하지만 말이다.

부모와 자녀 관계로 엮인 가족도 있고 피 한 방울 안 섞인 사이지만 함께 모여 가족처럼 살아가는 사람들도 있다. 후자가 전자보다 못하다고 단언할 근거는 없다. 국가 역시 마찬가지인지 모른다. 같은 혈통, 같은 언어, 같은 문화를 공유하는 사람들로 이루어진 국가는 어쩌면 오히려 예외적인 상황일 수 있다. 나는 그 예외적 형태의 국가에 태어나 살면서 그것만이 국가라고 생각해온 우물 안 개구리였다.

"우리가 가는 곳마다 배를 탔네요."

~~~

아르헨티나에서 칠레로 넘어가면서 성 선생님이 "그러고 보니 우리가 가는 곳마다 배를 탔네요."라고 했다. 생각하니 과연 그랬다. 이구아수 폭포에서는 시간을 하루만 내는 바람에 배 타기를 포기했지만(아르헨티나 쪽과 브라질 쪽 폭포를 걸어 다니며 다 보는 데만 하루가 걸리기 때문에 배까지 타려면 한쪽 구경을 포기하든지 아니면 이틀을 잡아야 한다.) 호수가 아름다운 바릴로체에서는 배를 타고 섬으로 들어갔고 엘 칼라파테에서는 배를 타고 빙하 옆을 지나면서 빙하 조각이 떨어지는 모습을 구경했으며 아메리카 대륙의 남단 우수아이아에서는 배를 타고 펭귄과 바다사자를 보러 갔다.

남미 여행은 많은 사람과 함께 복작대며 살아가는 도시 사람이 상상할 수 있는 범주를 뛰어넘는 자연의 모습을 보여준다. 물론 나는 도시 생활을 좋아한다. 대중교통으로 언제든 원하는 곳에 갈 수 있고 연락만 하면 보고 싶은 사람을 금방 만날 수 있는 접근성이 좋다. 하지만 그렇게 도시 안에서 살다 보면 그게 세상의 전부인 양 생각하게 된다는 문제가 있다. 모니터 화면 속 글자들과 씨름하는 것, 도시의 건물들 사이를 바삐 오가며 사는 것이 유일한 삶인 양 착각하고 만다.

이구아수 폭포나 엘 칼라파테의 빙하는 내가 형용할 수 있는 범위를 뛰어넘는 규모였다. 고층 건물 몇 채를 합쳐도 견주기에 턱없이 우스울 지경이었으니. 폭포수에 손을 담그거나 빙하를 만져보는 일도 불가능했다. 그랬다가는 당장 물에 휩쓸리거나 떨어지는 빙하 조각에 맞을 수밖에 없을 만큼 나는 취약하고 사소한 존재였으니까. 그저 관광객을 위해 마련된 이동로를 다니면서 구경할 수 있을 뿐이었지만 그것만으로도 압도되기에 충분했다.

이구아수 폭포에서는 마침 생수가 떨어지는 바람에 목이 마른 상태에서 쨍쨍한 태양 아래를 걸어 다녀야 했다. 철망 이동로 바닥에서 겨우 20여 센티미터 아래쪽으로 엄청나게 많은 물이 콸콸거리며 흘러가는데 정작 내가 마실 물 한 모금은 없다는 것이 아이러니했다. 엘 칼라파테의 빙하를 구경하는 날도 30도를 오르내리는 더운 날씨였다. 그

날씨에도 푸르스름한 빙하가 더위 따위 상관 안 한다는 듯 태평하게 자리 잡은 것이 신기했다. 아름다운 빙하를 몹시 자랑스러워하며 신나게 설명을 해나가던 청년 가이드도 이 더운 날씨에 빙하가 녹지 않는 것이 신비롭지 않느냐고 되물었다.

우수아이아 근해로 나가서 본 펭귄과 바다사자들은 나로서는 처음 접한 야생의 모습이었다. 동물원이나 사파리는 모두 사람이 조성한 환경 속에 갇힌 모습이니 말이다. 펭귄과 바다사자가 함께 있지는 않았다. 펭귄은 펭귄 섬에 수백, 수천 마리가 모여 있었고 바다사자는 바다 위의 작은 바위섬에 다닥다닥 붙어 있었다. 펭귄 섬에 직접 상륙해 바로 옆에서 지켜보는 관광 상품도 있는 것 같았지만 미처 모르기도 했고 알았다 해도 선택 안 하는 편이 좋을 듯했다. 하루에 몇 차례씩 배가 다가와 서고 사람들이 와글대며 뱃전에 몰려 카메라를 들이대는 것만 해도 펭귄에게는 충분한 방해가 아닐까 싶어서. 바다사자 쪽은 물론 바위섬에 내리는 관광 상품 따위가 없었다. 몸집이 두 곱절이나 더 큰 거대한 수컷 한 마리가 당당하게 가운데 누워 있고 주변으로 여러 암컷들과 새끼들이 자리를 잡은 모습이었다. 펭귄 중에는 구경꾼들에게 관심을 보이며 배에 다가오는 녀석들이 있었지만 바다사자들은 배 쪽으로 시선조차 주지 않았다.

자연 다큐멘터리에서 봤던 펭귄이나 바다사자는 신기하다는 느낌이었지만 직접 배를 타고 찾아가서 야생동물들을 보니 다른 세상에 왔다는 실감이 났다. 내가 태어나 인간 세상에 잠깐 한 자리를 차지하기 훨씬 전부터 세대를 거듭하며 펭귄과 바다사자는 그렇게 살아왔고 앞으로도 그럴 것이었다. 바다와 섬을 오가며 먹이를 구하고 새끼를 낳아 키우는 그 삶은 흉내는커녕 상상도 어려울 정도로 내 삶과는 다른 것이었다.

남미의 규모는 버스를 타고 도시 사이를 이동했던 딱 한 번의 경험에서 더욱 분명하게 다가왔다. 아르헨티나의 우수아이아를 떠나 칠레의 푼타 아레나스로 향하는 길이었다. 남미 여행에서 이동은 비행기로 한다는 것이 우리 원칙이었지만 이 경로에서는 항공편이 신통치 않았다. 직통으로 연결하는 편이 없어 한참을 돌아야 할 상황이었다. 버스로 열 시간이 소요된다는데 공항을 오가고 비행기를 갈아타려면 어차피 그만큼은 시간이 걸릴 듯했다. 그래서 '한 번 정도는 버스를 타도 나쁘지 않아.'라고 결정한 것이다.

열 시간이라면 서울—부산 왕복 정도이니 탈 만하다고 생각했다. 머리를 비우고 아무 생각 없이 차창 밖 구경하는 걸 좋아하는 내 성향을 발휘할 기회 같기도 했다.

무의식중에 나는 한국의 버스 여행을 상상했던 것 같다. 계속 풍경이 변하고 도시와 마을이 등장해 구경거리를 제공하는 그런 여행을. 혹시나 지나가는 야생동물이 보일지도 모르지. 예상과 기대는 완전히 빗나갔다. 도시나 마을은 전혀 나오지 않았다. 야생동물은커녕 나무조차 없었다. 키 작은 관목들만 듬성듬성 서 있는 차창 밖 모습이 열 시간 내내 이어졌다. 한반도의 절반을 영토로 하는 나라 출신인 내게 그 열 시간은 절대 짧지 않았다. 그 시간 내내 무표정한 풍경 속으로 외롭게 뚫려 있는 포장도로, 반대편에서 마주 오는 차가 많지 않아 중앙선조차 필요 없어 보이는 그 길을 달리는 동안 내가 할 수 있는 일은 꾸벅꾸벅 조는 것뿐이었다.

휴게소에서 쉬는 일은 없었다. 고속도로 휴게소 따위는 아예 없는 모양이었다. 휴게소를 세워 운영할 만큼 오가는 차량 대수가 많지도 않았으니까. 아르헨티나와 칠레 사이 국경을 넘어가면서 입국 수속을 받느라 모두들 버스에서 내려야 했고 그다음에는 배로 마젤란 해협을 건너느라 다시 버스에서 내려 선실로 들어갔다. 그게 운전기사와 승객을 위한 휴식 시간이었다.

마젤란 해협은 태평양과 대서양을 잇는 바닷길로 포르투갈의 모험가 마젤란이 1520년에 발견했다. 오랫동안 중요한 항로 역할을 했지만 기후 변화가 심해 항해가 쉽지 않았다고 한다. 내가 해협을 건너던 그날도 바람이 대단했다. 몸무게가 결코 가볍지 않은 내가 금방이라도 날아가버릴 것 같은 느낌이었고 서서 사진 찍기도 어려울 정도였다. 어렸을 때 마젤란 전기를 흥미롭게 읽었던 덕분에 그곳을 실제로 보게 되었다는 것이 감개무량했으나 해협은 따뜻하게 나를 반겨주지 않았다. 회색빛 흐린 하늘 아래 파도가 높았다. 그래도 배가 큰 덕분인지 심하게 흔들리지 않아 선내는 쾌적했다. 고래가 나타날지도 모른다고 해 나를 비롯한 많은 승객이 뚫어져라 선창을 응시했지만 보지 못했다. 어쩌면 나타났을지도 몰랐다. 다만 훈련되지 않은 눈으로 회색 하늘과 회색 파도 사이에서 역시 회색이었을 고래를 분간해내지 못한 것일 수도.

"나라마다 스페인어가 조금씩 달라지는걸."

～～～

스페인어를 전공한 성 선생님은 전공 때문에라도 남미를 꼭 가봐야 한다고 했다. 스페인어의 고향은 다 알다시피 유럽의 스페인이지만 지금은 언어가 사용되는 지역 크기로 보나, 사용 인구 규모로 보나 남미가 훨씬 더 큰 스페인어의 무대라는 것이다. 스페인어 문학에서도 남미 작가들이 차지하는 비중이 대단히 크다고 했다. 과거 우리나라에서 스페인어나 스페인 문학을 전공하는 사람은 대부분 스페인으로 유학을 갔고 원어민 선생님도 스페인에서 모셔오곤 했지만 이제는 남미로도 유학을 많이 가고 남미 출신 선생님들이 한국에 와서 가르친다고 한다.

아르헨티나, 칠레, 페루의 세 나라를 거치면서 성 선생님은 나라마다 조금씩 스페인어가 달라진다고 흥미로워했다. 여행을 앞두고 초급 회화를 엉성하게 공부했을 뿐인 나로서는 잡아낼 수 없는 차이였지만 충분히 재미있는 얘기였다. 그 넓은 남미 전역의 스페인어가 동일하다면 오히려 이상할 일이었다. 처음 스페인 정복자들의 발길이 닿았던 지역부터 쓰이기 시작했을 스페인어는 점차 주변 지역으로 퍼져나갔을 것이다. 강이나 산맥으로 막혀서, 혹은 유럽인들이 그은 국경선으로 갈라져서 상대적으로 왕래가 어려웠던 지역들은 나름대로 서로 조금씩 다른 스페인어를 정착시키고 보전해 오늘에 이르렀으리라.

1500년대 초 포르투갈과 에스파냐의 탐험가들이 아즈텍과 잉카 제국을 멸망시키고 남미를 정복한 후 시작된 식민 지배는 300년을 이어지다가 1800년대 초에 끝났다. 그로부터 다시 200년이 흐른 지금도 남미는 포르투갈과 에스파냐 언어를 그대로 사용하고 있다. 포르투갈의 식민지였던 브라질은 이제 땅덩이도, 인구수도, 경제 규모도 포르투갈에 앞선다. 포르투갈과 브라질 중 어느 쪽이 포르투갈어의 중심국인지 가리기가 어렵다. 브라질을 제외한 중남미 전체에서 통용되는 스페인어의 경우엔 더더욱 그렇다.

한국의 일본 식민지 시절은 36년이었다. 그동안은 학교 교육도, 행정 통치도 일본어로 이루어졌다. 해방 후 곧장 다시 한국어로 돌아갈 수 있었던 이유는 300년이 아닌 36

년이기 때문이었으리라. 36년만 해도 짧은 세월은 아니다. 나는 외할머니를 보면서 그걸 깨달았다. 1919년생인 외할머니는 초중고 모든 교육을 식민지 시절에 받았다. 할머니를 포함한 경기고녀 학생들이 일본으로 수학여행을 갔을 때 일본인들보다 일본어를 더 잘한다는 칭찬을 들었다고 했다.

30대 중반에 해방을 맞고 이후 쭉 한국어를 쓰며 살았지만 82세에 뇌졸중으로 쓰러진 직후 며칠 동안 언어 기능이 마비되었을 때 할머니 입에서는 일본어 단어만 간혹 튀어나왔다. 그때 나는 할머니 머릿속 깊숙이 자리 잡은 모국어는 일본어였을지도 모른다는 생각이 들었다. 사실 언어뿐이 아니었다. 할머니에게 일본은 늘 뛰어난 나라였고 일본 물건은 가장 훌륭한 것이었다. 식민지 교육은 할머니에게 충분히 뿌리를 내린 셈이었다. 어린 시절, 학교에서 공개적으로 일본에 대한 적개심을 교육받던 내게 그런 할머니의 모습은 퍽 당황스러웠다.

만약 한반도에도 300년 동안 일본 지배가 이어졌다면, 그리하여 일본어로 교육받은 세대가 열다섯 번 이상 쌓였다면 우리 역시 일본어와 일본 문화를 벗어나지 못했을 것이다. 한반도의 인구나 영토는 아직도 일본 본국에 미치지 못하니 계속 2등 시민으로 살게 되었을 가능성이 크다.

남미의 상황은 물론 식민지 조선과 여러모로 달랐다. 지배국 스페인과 포르투갈이 멀리 떨어져 있었던 탓에, 또한 영토 확장보다 수탈을 목적으로 삼았던 탓에 식민 통치는 충분히 체계적이지 못했다. 피식민 계층인 원주민은 본래도 수가 많지 않았던 데다가 낯선 질병에 감염되어 몰살당하고 또한 무력으로 학살되기까지 하면서 충분한 노동력도, 저항 세력도 이루지 못했다. 결국 유럽 각국에서 온 이민자들과 노동력 확보를 위해 데려온 흑인 노예들이 인구에 섞여들었고 혼혈 자식들까지 태어나면서 사회구조가 복잡해졌다.

이런 상황에서 스페인어와 포르투갈어는 강제로 주입된 언어라기보다는 의사소통을 위해 모두가 받아들일 수밖에 없는 언어였을 수도 있다. 그 과정에서 각 지역과 인구 집단의 특징이 반영되었을 테고 말이다.

남미라는 그 큰 공간에서 브라질만 제외하고는 전 지역이 스페인어 사용권이라는 건 경이롭다. 오늘날 스페인어는 힘이 세다. 사용 국가가 많으니 외교적으로 중요하고 무역과 경제 교류 측면에서도 꼭 필요한 언어이다. 대학의 스페인어 강좌는 공급이 수요를 따라가지 못한다. 상대적으로 쉽다는 인식도 있다지만 학생들에게 더 중요한 것은 이 외국어 하나로 무장하고 여행할 수 있는 곳들이 아주 많다는 점이다.

남미를 수탈해 번영했던 스페인 절대왕정은 역사 속으로 사라졌고 식민 지배가 끝난 지도 오래다. 하지만 스페인어는 여전히 남미에 남아 뿌리를 내렸다. 결국 최후의 승자는 언어였던 것일까.

"돈 계산은 엄마가 해줘요."

~~~

아르헨티나를 떠나 열 시간의 버스 여행을 마치고 칠레 푼타 아레나스에 내렸을 때였다. 칠레 돈이 한 푼도 없었으므로 당장 환전부터 해야 했다. 버스 하차장 근처에 마침 환전소가 있었고 승객들이 길게 줄을 늘어섰다. 아르헨티나 돈 남은 것부터 칠레 돈으로 바꾸기로 했다.

버스에서 자다 깨다 하는 바람에 머리가 멍한 탓도 있고 본래 숫자 계산에 둔한 편이기도 하여 나는 당장 쓸 돈으로 얼마 정도를 바꿔야 할지 감이 잡히지 않았다. 다른 나라 화폐를 대할 때는 원화를 기준으로 해 대충 어느 정도 액수인지 짐작을 하곤 하는데 아르헨티나와 칠레 화폐를 비교하려니 계산이 뒤죽박죽이었다.

환전소 한 켠의 의자에 앉아 짐을 지키던 엄마한테 환율을 얘기하고 얼마를 바꾸면 되겠느냐고 하니 금방 답이 나왔다. 아르헨티나 돈 얼마만큼을 내고 칠레 돈 얼마만큼을 받으라고. 엄마는 숫자 계산이 늘 빨랐다. 채소 가게에서 예닐곱 품목을 고르면 즉각 합계 금액이 나왔다. 학창 시절에 수학도 잘했다고 한다. 나는 엄마의 그 능력은 물려받지 못해 일찌감치 수학 포기자의 길로 들어섰다. (내가 여고에 다니던 시절의 문과 학생들은 태반이 수학에 흥미를 못 느끼고 아예 손을 놓아버린 상황이었고 다 함께 낙제점이라는 일종의 공동체 의식은 수학 못하는 자신에게 면죄부가 되었다.)

늘 가계부 쓰는 게 버릇이 되어 있는 엄마는 남미 여행 중에도 매일 지출 내역을 기록했다. 나는 카드 내역서와 환전 기록만 있으면 총비용을 계산하는 데 문제가 없다고 생각했지만 엄마는 음료수 하나 사 먹은 액수까지 다 써야 직성이 풀렸다. 컴퓨터나 휴대전화의 도움을 받지 않고 평생 해온 대로 수첩에 내역을 쓰고 암산 실력을 발휘해 합계를 냈다.

어렸을 때 용돈을 받기 시작하면서 나는 엄마한테 금전출납부 쓰라는 말을 귀에 못이 박히게 들었다. 지난달의 금전출납부 검사를 받아야 새로 용돈을 받을 수 있다는 규칙이 세워지기도 했다. 하지만 찬찬한 성격을 이어받지 못한 나는 지출을 기록하는 습관을 끝내 들이지 못했고 은행 잔고와 카드 내역서에 의존해 대강의 그림만 파악하는 데 만족하는 사람이 되었다. 대물림된 짠순이 기질 덕분에 그럭저럭 적자는 안 내고 살고 있지만 말이다.

엄마는 실수도 잘 안 하는 꼼꼼한 성격이었다. 그런 성향의 사람에게는 실수 연발인 다른 식구들 모습을 참고 넘기기가 힘든 일일 텐데 고맙게도 엄마는 잔소리가 많지 않았다. "이미 벌어진 일인데 떠들어봤자 무슨 소용이니?"라는 게 엄마 생각이었다.

남미 여행에서 내가 저지른 최대의 실수는 비행기 출발 시각을 착각한 것이었다. 여행 첫 도시인 부에노스아이레스를 떠나 이구아수 폭포를 보러 가는 길이었다. 이른 아침에 비행기를 타야 했다. 호텔에서 공항까지 시간이 얼마나 걸릴지 검색해 확인하고 호텔 직원에게도 물어보았다. 30분이면 충분하다고 했다. 시간을 계산해 택시를 불러달라고 미리 부탁했다. 출발 전날 저녁에도 프런트에 들러 택시 시간을 다시 확인하고 다음 날 아침의 시간 여유를 위해 호텔비도 미리 지불했다.

그렇게 만전을 기한 끝에 어두운 새벽 길을 뚫고 공항으로 달려갔는데 우리 항공편 수속 창구가 보이지 않았다. 당황해서 예약 내역과 항공편 안내판을 몇 번이나 대조한 끝에 이유를 알아냈다. 오후 항공편을 내가 오전 항공편으로 착각한 것이다. 숫자 7 다음에 붙은 PM에 주의를 기울이지 않은 탓이었다. 무의식적으로 오후 7시 비행기라면 19시로 적혀 있으리라 생각해버린 모양이었다.

무려 열두 시간 가까이 공백이 생겼다. 우리는 다시 택시를 타고 호텔로 돌아갔다. 직원에게 자초지종을 설명하고 체크아웃 시간까지 방을 써도 되는지 물었더니 다행히도 그러라고 했다. 흐트러진 침대 세 개가 놓인 객실로 들어서니 집에 간 듯 마음이 놓였다. 부족했던 잠을 보충하고 미술관 관람으로 낮 시간을 보냈다.

안전을 위해 목적지에 밤중에 도착하는 일이 없도록 하겠다는 애초의 결심은 이렇게 하여 첫 항공편에서부터 깨졌다. 나는 급히 공항 픽업이 포함된 이구아수 여행 일정을 예약했다. 현지에 일찍 도착하니 숙소 근처에서 예약하면 되겠거니 하고 미뤄두었기 때문이다. 일행에게 몹시 미안했지만 이후의 일정에는 별다른 지장이 없었다. 숙소가 있는 푸에르토 이구아수는 막상 도착해보니 하루를 보내기에는 좀 삭막한 곳이었고 결국은 부에노스아이레스에서 열두 시간을 보낸 것이 차라리 더 좋았다는 생각이 들었다.

공항에 열두 시간 미리 나가는 실수는 사실 열두 시간 늦게 나가는 실수보다는 훨씬 낫다. 남미 내의 이동을 위해 비행기를 무려 열한 번이나 탔지만 그 첫 항공편의 교훈 덕분인지 더 이상은 문제가 없었다.

남미 여행 막판에는 비행기가 회항하는 새로운 경험을 하기도 했다. 마추픽추 관광을 마치고 페루 쿠스코에서 아레키파로 가는 길이었다. 졸다가 착륙 즈음에 깬 나는 창밖을 보고 있었다. 활주로 아스팔트가 보였고 이제 착륙이구나 싶은 순간 비행기가 다시 날아올랐다. 한 바퀴 돌고 다시 착륙을 시도할 줄 알았더니 웬걸, 리마로 회항한다는 방송이 나왔다. 채 한 시간이 안 되는 짧은 비행이라 아무 서비스도 안 하던 승무원들은 그제야 분주히 음료수를 나눠주었다. 어째서 착륙 재시도를 안 하는지, 출발지 쿠스코가 아닌 수도 리마까지 멀리 돌아가는 까닭은 무엇인지 알 수 없었다. 기장한테 중요한 약속이라도 있었을까. 새로운 항로 덕분에 검은 연기가 뭉게뭉게 올라가는 화산 분화구 구경까지 할 수 있었다.

리마에 막상 도착하니 걱정이 한가득이었다. 회항 편 승객을 어떻게 처리할 것인지, 공항 의자에 앉아 오래(운 나쁘면 밤새도록) 대기하다가 다음 비행기를 타야 하는 건 아닌지, 서비스가 엉망이라는 남미 항공사의 진면목을 확인하게 되는 건 아닌지. 결과적으로는 기우였다. 버스에 태워 항공사 승무원들이 묵는 리마의 대형 호텔로 데려가 하루를 재워주고 다음 날 다시 공항으로 데려가 목적지에 가도록 해주었으니까.

물론 줄을 많이 서기는 했다. 리마 공항에 내리자마자 줄을 서서 확인을 받았고 공항 내에서 사용할 수 있는 점심 쿠폰을 받아 식당가에 갔을 때도 한참 줄을 섰으며 호텔로 향하는 버스를 타기 위해서도, 호텔에 도착해 체크인을 하기 위해서도 오랫동안 줄을 서서 기다려야 했다. 어떤 조치가 이루어질 것인지 구체적인 설명을 듣지 못해 불안했기 때문에 줄 서기가 더 길고 힘들게 느껴졌다.

여행을 많이 다녀본 엄마도 비행기 회항은 난생처음 하는 경험이라고 신기해했다. 항공사에서 제공한 숙소는 한 달 남미 여행을 통틀어 가장 호화로웠고 매 끼니가 뷔페식으로 제공되었다. 뜻밖의 선물이라고나 할까. 그런 호텔에 들어갈 수 있었던 것은 리마에 근거지를 둔 항공사가 리마로 회항한 덕분이었다고 우리는 결론을 내렸다.

호텔은 공항에서 한참 떨어진 곳, 고층 건물 즐비한 신도

심에 위치했다. 쿠스코에 가기 전, 리마에서 사흘을 보내면서 머물렀던 해안가의 한적한 고급 주택가 미라 플로레스와는 전혀 다른 지역이었다. 대도시 리마의 다른 모습까지 구경할 기회를 얻은 셈이었다. 이런 것이 전화위복일까.

"한국 음식은 안 먹어도 돼."

~~~

음식에 관한 한 우리는 자신만만했다. 한 달 정도는 한국 음식이 없어도 아무 문제 없다고 생각했다. 그래서 고추장도, 김도, 즉석밥도, 라면도 챙기지 않았다. 배낭 하나씩만 들고 가기로 했으므로 어차피 식량을 집어넣을 여유는 없었다.

한 달 여행의 절반을 막 넘어선 날, 우리는 칠레 산티아고에 도착했다. 그리고 숙소에 짐을 놓자마자 택시를 타고 한국 식당으로 갔다. 된장찌개, 김치찌개, 제육볶음 등을 고루 섞어 시켰던 것 같다. 한참을 정신없이 먹고 나니 정신이 좀 들었다. 그렇게 2주 만에 우리는 두 손 들고 항복했고 페루 쿠스코에 머물 때는 숙소와 광장을 사이에 두고 있던 한국 식당에 세 번이나 갔다. 한 번은 자리가 없어 문 앞에서 돌아섰지만 나머지 두 번은 무사히 한식을 먹을 수 있었다.

음식은 대충 사 먹으면 된다고 여기면서 아마 나는 1997년 한 달 동안의 러시아 어학연수를 떠올렸던 것 같다. 40대 어머니와 10대 딸이 함께 사는 러시아 집에 방 한 칸을 얻어 지냈는데 빵과 수프, 러시아식 만두 등으로 끼니를 충분히 해결할 수 있었다.

당시에는 한국 식당을 찾아가 먹을 생각은 꿈에도 하지 않았다. 학생 신분이라 돈도 없었을 뿐더러 딱히 먹고 싶지도 않았다. 그런데 지금 돌이켜보면 중간에 한 차례 밥과 김치를 먹을 기회가 주어진 덕분이었던 모양이다. 상트페테르부르크 시내 중심가에서 삼성전자 지사 사무실을 발견하고 무작정 들어가보았는데 지사장님이 반갑다고 바로 집에 초대를 해주셔서 사모님이 차려준 저녁상을 신나게 먹어치운 기억이 있다. (당시 나는 삼성전자를 휴직하고 통번역대학원에 다니는 중이었다.)

한국 음식이 굳이 필요 없다는 생각에는 여행을 함께 하는 세 사람이 모두 아줌마였다는 점이 작용했을 수도 있다. 아줌마 경력으로 보자면 엄마가 단연 최고였지만 어떻든 성 선생님과 나도 집에서는 취사 담당자였다. 취사 담당자들은 자기 손을 거치지 않고 주어지는 식사 앞에서 그저 감사하고 감동하는 법이다. 웬만하면 군소리 없이 즐겁게 먹는다. 차려줘야 하는 식구가 없이 끼니때를 맞으면 가능한 한 간단히 때우고 지나간다. 그런 아줌마들 셋이니 아침은 차와 빵, 과일과 채소 등으로 숙소에서 해결하고 점심은 돌아다니다 적당한 식당에서 사 먹으며 저녁은 숙소로 돌아오면서 식당에 가든지 먹을 것을 사든지 하면 아무 문제 없으리라 여겼다.

게다가 엄마는 많이 먹는 사람도, 먹는 일을 썩 즐기는 사람도 아니었다. 식당에 가도 신나고 즐겁게 먹는 일이 많지 않았다. 한식당에서는 아예 그런 모습을 본 적이 없었다. 다만 국수류를 좋아해서 칼국수나 파스타, 메밀소바 등을 맛있게 먹었다. 엄마와 나 둘이 집에서 끼니를 해결할 때면 그냥 소면만 삶아 열무김치나 배추물김치에 비비는 일도 많았다. 여행하면서 엄마 모습을 가까이 지켜보게 된 성 선생님은 모녀가 참 다르다고 신기해했는데 그중 하나가 먹는 일이었다. 나는 먹고 싶은 것도 많고 먹고 싶으면 꼭 찾아 먹고 먹는 양도 남한테 뒤지지 않는 그런 유형이니까.

엄마가 먹는 것에 별로 애착이 없는 데는 부실한 치아도 한몫했다. 자기 치아가 몇 개 안 남아 위아래 모두 틀니를 껴야 했던 것이다. 어렸을 때부터 나는 화장실에서 엄마 틀니를 보는 것이 익숙했고 놀러 온 친구들이 이게 뭐냐고 질겁을 하면 그게 더 당황스러웠다.

엄마가 어떻게 틀니를 끼게 되었는지를 알게 된 이후 난 늘 미안했다. 엄마는 둘째인 나를 출산한 직후 잇몸이 극도로 약해져 이를 지탱하지 못했고 결국 틀니를 할 수밖에 없었다고 했다. 먹는 것을 좋아하는 나는 엄마 뱃속에서도 그랬던 모양이다. 그리하여 유학생의 아내로 충분히 잘 먹지도 못하면서 두 살 위 언니를 돌보고 임신 기간을 견뎠던 엄마 몸에서 너무 많은 양분을 빼냈던 것이다. 엄마는 서른한 살에 나를 낳았다. 나이를 먹으면서 서른한 살이 얼마나 젊은 시절인지 느끼게 되자 나는 더욱 엄마한테 미안했다.

남미 여행 2주 만에 우리가 백기를 들고 한식당에 갈 수밖에 없었던 이유는 무엇일까? 맵고 짠 자극적인 맛이 그리워서였던 것 같기도 하고 뜨끈한 국물을 마시고 싶어서였던 것 같기도 하다. 뜨거운 밥에 김치며 콩나물이며 반찬을 곁들여 먹고 싶어서였는지도 모르겠다. 아니, 그게 모두 합쳐진 한국 밥상이 절실했을지도. 한 달 정도는 한국 음식을 안 먹어도 괜찮다는 자신감은 헛된 것이었다. 늘 기본으로 먹고 있으니 딱히 필요를 느끼지 못했을 뿐이라고나 할까.

남미 음식은 뭐가 맛있는지, 감동적으로 먹은 것이 무엇이었는지 묻는다면 대답할 말이 궁색하다. 남미에서 찾아갔던 세 나라 중 첫 두 곳인 아르헨티나와 칠레에서는 남미 특유의 음식을 제대로 접하지 못했다. 샐러드, 고기, 익힌 채소로 이루어진 서양 식단 그대로에 그저 고기 양이 넘치도록 풍부하다는 점만 달랐다. 마지막으로 갔던 페루에서는 세비체라는 생선회샐러드를 맛보았다. 생선과 해산물을 얇게 썰어 레몬즙에 절인 후 토마토, 양파 등 채소와 버무린 요리였다. 오랜 전통을 자랑하는 종류는 아니고 일본 이민자들의 영향을 받아 20세기 이후에 등장했다고 한다.

그래도 페루에서는 슈퍼마켓 채소 코너에 쌓여 있는 10여 종의 감자 더미들에서, 골목에 세워둔 메뉴 안내판의 쥐고기 요리 사진에서 고유 전통을 느낄 수 있었다. 끝내 쥐고기를 주문해 먹어보지는 못했다. 몇 번을 망설였지만 쥐의 형태가 그대로 드러나게끔 통째로 구워 접시에 올린 요리를 마주할 자신이 없었다. 작은 귀와 다리까지 다 붙어 있는 모습이었으니 말이다. 형태만 드러나지 않았다면 기꺼이 도전했을 것 같다. 낯선 음식, 낯선 재료를 만났을 때 형태가 꽤 중요한 역할을 한다는 점을 깨닫는 순간이었다.

"세상의 끝? 누구 기준으로 끝이라는 거야?"

우리는 한 달 여행의 절반을 아르헨티나에서 보냈다. 그 절반을 끝내는 마지막 지점은 우수아이아라는 도시였다. 거대한 남미 대륙의 가장 남쪽에 자리 잡은 도시이다. 항공편이 발달하지 않았던 과거에는 남극 탐험의 전초기지였다고 한다. 탐험대가 마지막으로 식료품이며 필요 물품을 챙겨 뱃머리를 남극으로 향했던 곳 말이다.

우수아이아 시내에는 '세상의 끝'이라는 표지가 붙어 있었다. 시내에서 버스를 타고 들어간 티에라 델 푸에고('불의 땅'이라는 뜻이다. 유럽인들이 처음 들어갔을 때 어둠 속 곳곳에서 타오르던 원주민들의 모닥불 때문에 이런 이름이 붙었다고 한다.) 국립공원의 한적한 산책길 한구석에도 '세상의 끝'을 알리는 표지판이 섰다. 세상의 끝이라는 말을 계속 듣다 보니 은근히 반발심이 들었다. 끝이라고? 누굴 기준으로 끝이라는 거지? 마치 내가 태어나 살고 있는 나라가 극동, 그러니까 동쪽 끝단에 있는 나라라는 얘기를 처음 들었을 때의 느낌 같았다. 시작점, 더 정확히 말해 중심점은 물론 유럽이다.

우수아이아가 위치한 티에라 델 푸에고 지역은 남미에서도 가장 늦게 유럽인들이 자리를 잡은 곳이다. 1800년대 후반이었다. 정복의 시대가 이미 끝나고 주인 없는 땅이 남지 않게 된 때에야 비로소 개척이 되었으니 그 마지막의 의미를 담아 '세상의 끝'이라는 명칭이 붙었을 법하다. 지리적으로 보더라도 이곳은 대륙의 남동쪽 끝단이고 아래로도 옆으로도 더 이상 나아갈 여지가 없다. 그러니 세상이 거기서 끝나는 것이라고 충분히 생각했을 수 있다.

어릴 때 어느 탐험가의 전기를 읽으면서 기억에 남은 장면이 있다. 세계지도에 희게 표시된 미답지를 보면서 가슴 설레는 소년의 모습이었다. 흰 부분을 자신이 채우리라 결심한 소년은 자라서 '위대한' 탐험가가 된다. 세계지도에 빈틈이라고는 전혀 없는 시절에 태어나 살아온 내게는 그 시대가 퍽 신기했다. 그런 지도를 앞에 둔다면 나도 궁금하고 가슴 설렐 것 같았다. 이후 나는 그 탐험의 '위대함'이 철저히 정복자 측면의 시각임을 알게 되었다. 유럽 왕국들의 부와 영광을 한껏 늘려주었다는 의미에서의 위대함. 그 반대편에는 미처 게임의 규칙을 파악할 틈도 없이 몰살당한 미답지의 원주민들이 있었다.

유럽인들이 처음 발을 디뎠던 우수아이아에도 그곳을 세상의 중심으로 삼고 몇 천 년 동안 살아온 원주민들이 있었다. 그중 야마나라는 이름의 부족 모습은 박물관 사진 속에서 만날 수 있었다. 추울 때 털가죽을 덮어쓸 뿐 벌거벗고 살았던 이들에게 유럽인 선교사들은 옷 입기를 강요했다. 벌거벗은 것은 신의 뜻에 어긋나는 부도덕한 짓이라고 가르치면서 말이다. 옷을 입게 된 원주민들은 감기로 하나둘 죽어나갔다고 한다. 벗은 몸은 젖어도 모닥불 옆에서 금방 말랐지만 젖은 옷은 계속 체온을 빼앗아 병들게 만들었던 것이다.

옷 때문에 감기에 걸려 죽었다니 믿기 어려울지도 모르겠다. 하지만 우수아이아에서 며칠을 지내보니 충분히 이해할 만한 상황이었다. 그곳 날씨는 비가 내리다가 해가 나다가 바람이 불다가 고요해지다가를 30분 단위로 오락가락 반복했다. 남극과 가까운 탓에 그렇게 변덕스러운 모양이었다. 덕분에 우리도 우산을 펼쳤다가 접었다가 바람막이를 꺼내 입었다가 벗어서 가방에 넣기를 반복해야 했다.

우리가 머문 때는 여름이었는데도 그 정도였으니 겨울 추위가 얼마나 대단할지 짐작이 갔다. 서양식 집을 짓고 살았던 선교사들은 집 안에 들어가 벽난로에 몸을 데웠겠지만 나무로 얼기설기 지은 움막이 집이었던 원주민들은 그러지 못했다. 그러니 원주민들이 입은 서양식 옷은 마를 새가 없었던 것이다. 몇 천 년의 세월이 무색하게도 원주민들은 유럽인 정착 후 불과 30여 년 만에 사라져버렸다.

낯선 땅을 밟은 유럽인들 눈에 자신과 다른 생김새에 다른 방식으로 살아가는 원주민들은 사람이라기보다는 원숭이나 침팬지급으로 보였을 것이다. 그러니 학살을 하면서도, 몇 명을 유럽으로 끌고 가 진귀한 구경거리로 삼으면서도 거리낌이 없었다. 유럽도 신분제를 완전히 벗어나지 못한 상태였고 상류층에 들지 못해 거친 대접을 받았던 탐험가와 뱃사람들은 원주민들을 상대로 옳다구나 권력을 휘두르고 싶기도 했을 것이다. 16세기에 잉카와 아즈텍에서 유럽인들이 저지른 어마어마한 학살에 비하면 우수아이아 인근 원주민 몰살은 무척이나 사소한 사건에 불과하다.

남미 원주민들의 서글픈 운명이 가슴 아프지만 사실 과거를 돌이켜보면 그렇게 세상에서 사라져야 했던 동물도, 종족도, 언어도 많기만 하다. 우리는 그렇게 죽이고 없애는 역사를 거쳐야 하는 존재인가 보다. 다만 우수아이아의 야마나 부족이 맞은 운명은 가장 최근에 일어난 비극이었다는 점에서 여운을 남긴다. 19세기 후반이면 인류 문화가 꽤 진보한 시기라 여겨지는데 그곳에선 그렇지 못했으니 말이다. 아니, 지금의 21세기를 놓고 보았을 때도 그런 비극의 가능성이 완전히 사라졌다고 자신하기는 어려운 형편이다.

남미에는 탁 트인 평지가 많은데 우수아이아는 항구 마을이 대개 그렇듯 경사가 급한 곳이었다. 바다와 면한 아래쪽이 상점가였고 주택들은 언덕길을 올라 위쪽에 자리 잡았다. 인터넷으로 숙소를 예약할 때 살펴본 지도에 경사는 표시되어 있지 않았고 덕분에 내가 잡은 숙소는 바닷가에서 한 7분은 기어올라가야 하는 곳이었다. 숙소를 지나 계속 위로 열심히 올라가면 빙하가 있는 높은 산이 나온다고 숙소 주인아주머니가 열심히 설명했지만 앞선 여행지 엘 칼라파테에서 이미 거대한 푸른 빙하를 보고 온 참이라 굳이 가볼 마음은 나지 않았다.

대신 우리가 갔던 곳은 감옥 박물관이었다. 1920년부터 1947년까지 사용된 감옥을 그 모습 그대로 박물관으로 만들어두었다. 감옥의 역사가 길지는 않다. 유럽인 정착의 역사가 짧으니 어쩌면 당연한 일이다. 인구가 적은 궁벽한 그 지역에 감옥에 들어갈 죄수 숫자 또한 많았을 리 없다. 그리하여 죄수들은 아르헨티나 전역에서 보내졌다. 한번 들어오면 절대 나갈 수 없는 절해고도의 무서운 감옥은 아니었다. 죄수들은 새로운 도시를 건설하기 위한 노동력이었다고 한다. 자신들이 갇힐 감옥조차도 죄수들이 지었다. 멀리서부터 노동자들을 데려오기 어려운 상황에서 고안해낸 궁여지책이었다.

감옥 박물관 내부는 두 층에 걸쳐 복도를 사이에 두고 감방들이 늘어선, 어쩐지 오싹한 광경이었다. 감방마다 들어갔다 나왔다 하면서 관람하는 방식으로 죄수들의 생활을 보여주는 각종 용품들, 사진 등이 전시되었다. 2층에는 남극 탐험의 역사를 주제로 역대 탐험대들의 역사가 물품과 사진, 도표 등으로 정리되어 있었다.

둘러보다 보니 속도 차이로 일행이 따로따로 떨어지게 되었다. 처음에 들어갔던 입구에서 가장 먼 끝 쪽, 그러니까 감옥 구조로 말하자면 방사형으로 펼쳐진 감방 동들이 합쳐지는 중앙부 근처쯤에서 엄마가 화장실에 다녀오겠다고 말했다. 화장실 앞에서 보자고 말한 뒤 전시를 끝까지 보고 나오니 거기 화장실이 있었다. 들어가보았더니 낡은 변기, 철로 된 세면대 등이 삭막한 분위기를 냈고 엄마는 없었다. 나를 기다리다가 다시 안으로 들어갔나 싶어 일단 화장실 앞에 앉아 기다리는데 한참이 지나도 엄마가 나타나지 않았다. 문 닫을 시간이 가까운 저녁때였고 감옥 건물 안은 채광이 좋지 않아 한층 어둑어둑했다.

혼자 거기 있자니 이상하게도 소름이 끼치고 무서웠다. 춥고 어둡고 사람도 없어서 그랬던 모양이다. 성 선생님까지 나오고 난 후 선생님을 거기 앉혀두고 혹시나 싶어 입구 쪽으로 가보았다. 알고 보니 거기도 화장실이 있었고 엄마는 거기서 우리를 기다리는 중이었다. 다행히 그쪽은 조명도 밝고 사람들도 여럿이어서 딴 세상 같았다. 그렇게 예상치 못한 공포 체험을 한 뒤 나는 감옥 박물관을 나섰다.

"한때는 세상을 호령하던 사람들이었겠죠."

~~~

페루 리마 대성당의 지하 묘지 한구석에는 해골들을 가지런히 쌓아놓은 유리 진열장이 있었다. 한눈에 보기에도 100개는 넘을 것 같았다. 검은 눈구멍들이 관람객을 응시했다. 별생각 없이 둘러보다 그 눈구멍들 앞에서 갑자기 숙연해졌다. 처음부터 해골을 한꺼번에 모아서 안치했을 리는 없으니 후대에 유골을 정리한 결과물일 것이다. 대성당지하 묘지에 자리를 차지했을 정도라면 살아생전에 일정수준 이상의 지위를 누리고 존중받았을 인물들일 테고 말이다.

성당을 나온 뒤에야 그 해골 진열장 사진을 찍었어야 했다고 후회했다. 성 선생님이 "뭐에 쓰려고?"라고 물었고 나는 "핸드폰에 저장해두고 때때로 들여다보면 좋을 것 같아서요. 저 해골들이 다 한때는 세상을 호령하던 사람들이었을 텐데 결국 끝은 똑같다는 걸 잘 보여주잖아요."라고 대답했다. 힘들 때, 짜증 날 때, 서러울 때 그 해골들을 쳐다보면 '그래, 어차피 다 지나가고 나도 이렇게 해골이 될 텐데 뭐 이렇게 마음 상할 필요 있을까.'라고 생각하게 되지 않을까. 즐겁고 신날 때, 어쩐지 으쓱해질 때도 그 해골들을 보면서 '좋아할 것 하나도 없어. 나도 해골 중 하나일 뿐이니 마음을 가라앉히고 겸허해지자.'라고 자신을 진정시킬 수 있을 것 같았다.

남미 여행에서 으뜸가는 구경거리는 압도적으로 거대한 자연이지만 도시로 들어갔을 때 제일 먼저 보게 되는 것은 가톨릭 성당이다. 어느 도시든 가장 중심부에는 성당이 자리를 잡고 있기 때문이다. 성당은 각 시대마다 막대한 재원과 최고 장인들의 재주가 집중된 곳, 그리하여 이 지상의 장소 중에서는 가장 천상에 가깝도록 아름답게 꾸민 곳이다. 당대 문명과 문화라 불릴 만한 모든 것을 모아둔 중심지이기도 하다.

성당은 주민들이 내세를 의식하며 현세의 삶을 조금이라도 선하게 살게끔 하는 계기인 동시에 죽은 자의 장례를 치르고 기억하는 현장이다. 갓 태어난 아이는 성당에서 세례를 받고 삶을 시작한다. 성당 종탑이 알려주는 시간에 따라 하루를 살고 주말이면 성당에 가서 잘못을 뉘우친다. 성당에서 결혼을 하고 다시 아이를 낳으면 성당에 데려가 세례를 받게 한다. 나이 들어 세상을 떠나게 되면 성당에서 장례를 치르고 성당 묘지에 묻힌다. 그야말로 생사고락의 배경이 되어주는 곳이 바로 성당이다.

여러 도시를 다니다 보면 "또 성당이야!"라고 한숨이 나오기도 하는데 오랫동안 그 성당을 중심으로 이어졌던 주민들의 삶을 떠올려본다면 조금은 더 호기심 어린 시선으로 외관과 내부를 둘러볼 수 있다. 돌아다니느라 다리가 아프다면 신도석 한구석에 앉아 잠시 휴식하기도 좋다. 성당 내부는 약간 어두운 편이어서 휴식에 더더욱 적합하다.

남미 대도시 성당에서 신기했던 것은 예쁘게 옷을 입고 목걸이나 귀걸이 같은 장신구까지 하고 있는 성모상과 성녀상들이었다. 색색의 고운 드레스에 레이스 장식이 화려했다. 남미 사람들이 대개 멋쟁이고 꾸미는 것을 좋아한다고 하는데 그게 성당의 성상들에까지 영향을 미치는 모양이었다. 우리나라 성당에서는 성모상을 장식한다고 해봤자 발치에 화환을 가져다 두는 정도이기에 더욱 대조가 되었다.

나는 어렸을 때 세례를 받고 고등학생 때까지는 그럭저럭 주일미사에 참여했지만 그 이후로는 거의 발길을 하지 않게 된 이른바 '냉담' 상태이다. 일요일마다 열심히 성당에 나가는 엄마를 따라다니다가 영성체를 하는 또래들이 부러운 마음에 세례를 받았다. 하지만 세상을 관장하는 절대자의 존재에 대한 믿음이 처음부터 없는 상태였으므로 어차피 지속가능성은 없었다. 절대자의 존재를 믿지 않으니 원하는 바를 이루어달라고 하는 기도도 당연히 나오지 않았다. 주일미사에 갈 때의 마음은 일상을 떠나 잠시 내 삶에 대해 명상하고 반성하자는 정도였다.

세상에는 신자가 그렇게도 많은데, 바로 옆의 엄마도 대학생 때 세례를 받은 후 평생 미사를 빼먹지 않는 신자인데 나는 왜 믿지 못하는 것일까? 서양식 과학 교육을 받고 자란 결과로 사후 세계 따위는 없다고, 사람이 죽고 나면 그저 물질로 분해될 뿐이라고 생각해서일 수도 있다. 큰 고통이나 고난 없이 그럭저럭 무난하게 살다 보니 절대자에게 의존할 일이 없었기 때문일지도 모른다.

성당에서 내가 만나는 존재는 절대자가 아닌 신부님이나 수녀님들인데 존경심 들게 하는 분이 별로 없었다는 것도 영향을 미쳤을 듯하다. 어렸을 때는 엄격한 표정으로 두 눈을 부릅뜨기만 하는 수녀를 무서워하기도 했고 커서는 신자들이 배움도 짧고 경험도 없다고 여기면서 자기 생각을 정답인 양 제시하는 신부의 강론에 짜증이 확 복받치기도 했다. 어떻든 그리하여 나는 신자가 아니다.

신자가 아닌 내 눈에 비친 남미의 가톨릭은 조금 씁쓸하다. 정복자들의 종교가 결국 탄탄하게 뿌리를 내린 모습이기 때문이다. 로마 교황청은 유럽 국가들의 남미 정복과 학살을 용인했다. 가톨릭 세계의 확장이라는 명목을 위해서였다. 결국 오늘날 거대한 남미 대륙 전체가 가톨릭 문화권이 된 것을 보면 교황청의 목적은 훌륭히 달성되었다.

남미에서 자행된 일들에 대한 사과는 2000년 이후에나 나왔다. 2015년에는 프란치스코 교황이 "아메리카 대륙에서 하느님의 이름으로 토착민들에게 많은 중죄를 저질렀다는 사실을 사죄한다."라고 직접적으로 언급했는데 프란치스코 교황 자신이 다름 아닌 남미 아르헨티나 출생이라는 점이 흥미롭다. 솔직한 사과는 결국 최초의 남미 출신 교황 입에서나 나올 수 있었던 것이다. 교황의 부모가 이탈리아에서 이주한 사람들이었다는 점을 감안하면 유럽인의 사과라고 봐야 할지도 모르지만.

프란치스코 교황이 보여주듯 최소한 내가 여행했던 남미

의 세 나라, 아르헨티나, 칠레, 페루에서 가톨릭은 유럽계 주민들의 종교로 다가왔다. 정복자들의 종교가 피정복민들에게 전파되어 정착했다기보다는 피정복민들을 싹 쓸어내 버리고 그 자리를 새로 채운 유럽인들이 자신의 종교를 그대로 옮겨 왔다는 느낌이라고 할까. 이 느낌이 맞는 것이라면 남미에 가톨릭을 전파했다는 말부터 성립할 수 있을지 의문이다. 유럽인 신자들을 남미로 보내 가톨릭의 새로운 근거지를 만든 것이라 보아야 하지 않을까.

"마추픽추를 보고 나니 어쩐지 허탈한걸."

～～～
～～～

남미 여행이라고 했을 때 누구나 가장 먼저 떠올리는 것이 페루의 잉카 유적 마추픽추이다. 나도 그랬다. 어렸을 때 마추픽추 후렴구가 반복되는 팝송을 접하면서 그 존재를 알게 되었다. 사이먼과 가펑클이 부른 '엘 콘도르 파사'가 잉카의 민요를 바탕으로 만들어졌다는 점도 인상에 남았다. 서글프면서 고요한 남미의 관악기 연주를 한동안 즐겨 들으면서 나는 잉카와 안데스 산맥을 상상하곤 했다.

마추픽추를 보려면 일단 페루의 고대 도시 쿠스코로 가야 한다. 거기서 버스를 타고 한참을 달려 기차역으로 가 기차를 타고, 높이 솟은 산 사이 계곡에 깔린 철로를 따라 다시 한참을 달리고, 소형 버스로 갈아타 굽이굽이 산꼭대기까지 올라가야 비로소 마추픽추 풍경을 만날 수 있다. 각각의 교통편을 따로 예약하기가 쉽지 않을 것 같아서, 그리고 쿠스코에 머무는 며칠 동안 혹시라도 입장 허용 인원이 넘쳐 구경을 못 하는 일이 없도록(마추픽추 입장 인원은 문화재 보호 차원에서 제한되고 있다. 유네스코는 관광 중단까지도 권유한다지만 페루 정부는 막대한 관광 수입을 포기할 수 없는 입장이다.) 미리 인터넷으로 전체 일정을 예약했다. 교통편과 입장료, 가이드 비용이 모두 포함된 여행 상품이었다.

막상 쿠스코에 도착해 시내를 돌아다니다 보니 곳곳이 여행사였고 마추픽추 관광 상품을 내가 낸 금액보다 더 저렴하게 판매하고 있었다. 돈은 둘째 치고 페루 현지 업체가 아닌 해외 업체의 서비스를 이용하게 되었다는 점에서 마음 한구석이 불편했다. 내가 예약한 사이트는 전 세계 방방곡곡의 온갖 여행 상품을 종합 판매하는 곳이었고 실제 소요 비용을 제외한 수수료는 독일 본사로 들어가게 될 것이었다. 현지 상황을 미리 예측할 수 없는 외국인 관광객 입장에서 어쩔 수 없는 선택이긴 했지만 페루 관광지를 독일 회사 주선으로 구경하게 된 상황이 편치 않았다.

쿠스코는 배꼽이라는 뜻이다. 세상의 배꼽이라면 움푹 들어간 곳이어야 할 텐데 악명 높은 고산지대이다. 남미 여행 준비를 하면서 우리는 황열병 주사를 맞았고 고산병 약도 처방받았다. 언제 약을 먹으면 좋겠느냐고 물어보니 의사는 어지럽고 메슥거리는 증세가 나타날 때까지 기다리지 말고 현지에 도착하기 전에 미리 약을 먹으라고 권했다. 하지만 엄마랑 나는 워낙 약을 잘 안 먹는 성향이라 증세도 없이 약을 먹는다는 게 마땅치 않았고 일단 그냥 버텨보기로 했다.

쿠스코 공항에 착륙하자 비가 내리고 있었다. 비행기에서 내려 터미널까지 걸어가야 했는데 빨리 움직이면 고산병 위험이 있다는 말이 떠올라 비를 그냥 맞으며 가만가만 걸었다. 늘 빠른 속도로 걸어다니고 비가 오면 뛰어서 피하는 내 평소 모습을 아는 성 선생님은 고산병이 무섭긴 무서운 모양이라며 재미있어했다. 선배 여행객들이 인터넷에 남긴 조언대로 가능한 한 천천히 움직이고 도착 첫날엔 아무 일정 없이 침대에 누워 휴식했으며 숙소에 마련되어 있는 코카잎 차를 계속 마신 덕분인지 우리 일행은 아무도 고산병으로 고생하지 않았다.

막상 쿠스코에 도착해보니 배꼽이라는 이름이 이해가 갔다. 광장을 비롯한 도심지 주변만 계곡처럼 움푹 들어가고 사방이 산지였다. 쿠스코를 떠나 어딘가 가려고 하면 일단 구불구불 경사로를 올라 산 능선대로 뚫린 길을 따라서 움직여야 한다. 과거 잉카의 전령들은 오로지 두 다리로 그 산길을 달려 제국 전역을 오갔다. 매듭 문자 키푸를 손에 들고 달리는 일도 많았을 것이다.

우리 숙소는 쿠스코 시내 중심 광장에서 옆 골목으로 들어가자마자 나오는 곳이었다. 검은 돌을 깐 바닥이며 커다란 돌로 짜 맞춘 건물 벽은 잉카 제국의 수도였던 시절부터 존재했던 골목임을 말해주었다. 크고 무거운 연갈색 돌을 깎아 빈틈없이 정밀하게 맞춰 쌓는 것이 잉카 건축의 특징이라고 했다.

검은 돌바닥은 낭만적으로 보였지만 발자국 소리, 특히 짐가방 바퀴 굴러가는 소리를 전혀 흡수하지 못해 골목으로 창이 난 우리 방은 낮이고 밤이고 엄청나게 시끄러웠다. 추운 것도 문제였다. 계절은 여름이었지만 고도가 높아서인지 아침저녁으로 쌀쌀했는데 제대로 난방이 되지 않았다. 숙소에 부탁해 뜨거운 물주머니를 받아 엄마 침대에 넣어드렸다.

쿠스코와 마추픽추는 우리 여행의 거의 막판이었다. 남미 대륙 동쪽에 있는 아르헨티나 부에노스아이레스에서 시작해 대륙을 U자로 돌아본 후 서쪽의 페루 리마에서 귀국 비행기를 타는 일정이었기 때문이다. 엄마는 한 달 일정의 중반을 넘어선 칠레에서부터 눈에 띄게 힘들어하기 시작했다. 본래 먹는 양이 많지 않은 엄마였지만 나중에는 도무지 먹지를 못하겠다면서 굶다시피 했다.

어느 날인가는 "소변 색이 너무 진해. 좀 이상하다."라고 조심스럽게 내게 말씀하셨다. 바로 스마트폰으로 검색해보았지만 이유를 알 수 없었다. 피곤해서 그런 모양이라고만 생각했다.

쿠스코에 도착하면서부터 엄마가 새벽부터 밤까지 이어지는 마추픽추 일정을 소화할 수 있을지가 걱정이었다. 관광 상품을 예약했던 사이트에 연락해 혹시 몸이 불편한 사람을 위한 휠체어나 가마 같은 서비스가 있는지 알아보았다. 그런 서비스는 없고 일정이 임박한 탓에 환불도 일체 불가능하다는 답변이 왔다. 이동로가 좁고 계단이 많아 휠체어는 어차피 사용하기 어렵다고 했다. 썰렁한 숙소에 엄마 혼자 하루 종일 남겨둘 수도 없는 노릇이었다. 쿠스코까지 가서 마추픽추를 포기하는 건 안 될 일이라고 최종 결정을 내린 후 휴대용 접이식 의자를 대여했다. 이동할 때는 걷더라도 가이드 설명을 들을 때나 쉴 때 의자에 앉으면 도움이 될 것이었다.

걱정했던 것과 달리 엄마는 마추픽추 일정을 별문제 없

이 소화했다. 내가 메고 다니다가 기회 있을 때마다 펼쳐놓는 의자도 큰 역할을 했다. 같은 가이드 아래 무리를 이루게 된 외국 관광객들이 엄마 나이를 궁금해하다가 80세라고 대답하니 기절초풍할 듯 놀라며 찬사를 보냈다. 자기도 어머니나 아버지를 모시고 다시 와야겠다는 말을 하기도 했다.

마추픽추를 안내해준 가이드 아저씨는 퍽 유쾌했다. 멀리서부터 자기 사무실을 찾아와줘서 고맙다고 인사했고 곳곳을 안내하면서도 자기가 제일 좋아하는 업무 공간이라느니, 휴식할 때 주로 찾는 공간이라느니 하는 설명을 덧붙였다. 거의 매일같이 마추픽추를 드나들며 안내 역할을 하고 있으니 그곳이 사무실이라는 말도 그럴듯했다.

마추픽추는 산꼭대기에 돌로 지어놓은 도시이다. 태양신이나 콘도르를 섬기는 신전들이 있고 주택과 계단식 농경지도 볼 수 있다. 1911년에 발견되기까지 수풀에 묻혀 있었다고 하니 지금처럼 깔끔한 모습으로 단장하는 데만도 꽤 많은 노력이 들어갔을 것이다. 문화재 보호 때문에 위에서 전체를 내려다볼 수만 있고 들어가지는 못할 것이라 예상했지만 막상 가보니 가이드의 안내가 필수 조건이기는 해도 직접 곳곳을 돌아다니고 손으로 돌벽을 만져볼 수도 있어 만족스러웠다.

마추픽추가 언제 누구 손으로 만들어져 어떻게 사용되었는지는 밝혀지지 않았다. 문자로 기록이 남지 않은 탓이라니 아마 앞으로도 밝혀지기 어려울 것이다. 우리를 안내한 가이드는 실제로 사람들이 거주했던 곳 같지는 않다고, 대피 공간으로 조성되었거나 신께 제사를 올리는 용도로 활용되었던 곳으로 추측된다는 설명을 했다.

관광을 마치고 기차역이 있는 마을로 내려와 식당에 들어가 앉았을 때 성 선생님이 "마추픽추를 보고 나니 어쩐지 허탈한걸."이라고 말했다. 나도 공감했다. 언젠가 꼭 가 봐야지 하고 늘 생각하던 그곳을 마침내 보고 난 다음에는 그런 심정이 되는 걸까. 이구아수 폭포를 본 다음에도 똑같은 얘기를 했던 것 같다.

마추픽추가 누구나 가보고 싶은 꿈의 여행지가 된 이유는 무엇일까. 많은 부분이 비밀에 싸인 유적이라는 점 때문일까. 우리는 수수께끼를 좋아한다. 신비로운 수수께끼의 현장에 직접 발을 디뎌보고 싶다는 욕망은 결코 작지 않다. 어쩌면 찾아가기가 쉽지 않은 곳이라는 점도 꿈의 여행지에 한몫을 할지 모른다. 꿈이란 이루기 쉽지 않은 것이니까. 한국에서 가려면 비행기만 30시간 가까이 타야 하고 그다음에도 버스-기차-버스로 이어지는 경로를 밟아야 하는 곳 아닌가.

날씨의 은총도 필요하다. 산꼭대기인 만큼 날씨가 금방 변하고 비도 많이 내린다. 우리가 찾아간 날도 하산 버스를 타면서부터 비가 내리기 시작했다.

"이 삶은 무엇을 위한 것일까?"

~~~

마지막 여행지였던 페루 아레키파에서 인상적으로 본 것은 산타 카탈리나 수녀원이었다. 1579년에 지어져 18세기까지 수녀원으로 사용되었고 지금은 관광객에게 개방되어 있다. 건물 하나, 아니면 몇 개가 모인 공간을 상상했는데 웬걸, 마을 규모였다. 이 골목 저 골목 들어가면서 수녀들이 살던 공간을 살펴보고 잘 가꿔진 정원이 나오면 벤치에 앉아 쉬어갈 수 있었다. 주황색과 파란색으로 칠해진 벽과 기둥, 푸른 나무와 색색의 꽃들이 자리 잡은 그 공간에는 엄숙함보다는 아기자기한 정감이 넘쳤다.

　곳곳에 부엌이 마련된 것을 보니 전체 수녀들이 늘 한꺼번에 모여서 밥을 먹었던 것은 아닌 모양이었다. 빵을 굽고 간단히 무언가 끓여 먹을 수 있는 간소한 부엌이었다. 수녀원에 딸린 밭에서 재배한 작물로 기본적인 식재료를 해결하고 나머지 필요한 것은 빵을 구워 팔거나 작물을 내다 팔아 사 오는 식이었다고 한다.

수녀들의 거처는 몹시 단순했다. 테이블과 의자 같은 가구 몇 개, 그리고 돌벽 안쪽을 파서 만들어놓은 잠자리가 전부였다. 잠자리는 어찌나 좁고 작은지 체구가 큰 편인 나는 잔뜩 웅크려야 들어갈 수 있을 정도였다. 난방 시설이 변변치 않아 겨울에는 몹시 추울 것 같았다. 사시사철 1년 365일을 그 거처에서 지내며 노동과 기도를 반복했을 수녀들의 삶을 상상하니 은근히 궁금증이 생겼다.

한때 수녀가 될까 생각했다는 엄마한테 물어보았다. "이 고립된 수녀들의 삶은 무엇을 위한 걸까?" 엄마는 대답 대신 그냥 미소만 지었던 것 같다.

짐작건대 사후에 영생을 얻기 위해 이승의 삶은 검소와 절제, 자기 수양으로 채워가겠다는 마음가짐이 아니었을까 싶다. 신자가 아닌 내게는 쉽게 납득이 가지 않는 일이다. 작은 공간으로 생활 범위를 한정하고 만나는 사람도 제한되어 있고 하는 활동도 정해진 몇몇 종류에 국한시키는 그런 삶, 최소한으로 축약된 그 삶은 오히려 갈등과 고통으로부터 상당 부분 차단되어 있지 않을까? 바깥세상에서 온갖 사람들과 부딪치며 먹고사는 문제를 해결해야 하고 계속 새로운 인생 과업에 당면해야 하는 일반인들이 하게 되는 자기 수양과 도 닦음이 훨씬 더 큰 것은 아닐까? 이런 생각 때문에 나는 불경스럽게도 수도자들을 별로 존경하지 않는다.

산타 카탈리나 수녀원에는 원치 않는 결혼을 피하려는 목적으로 들어오는 귀족 처녀들이 많았다고 한다. 원치 않는 남자와 결혼해 아이를 낳고 가사를 돌보고 하는 삶보다 고적한 수녀원 생활을 택한 것이다. 유럽 생활사가 그대로 이식된 페루의 유럽계 귀족 사회에서 여성의 삶은 순종과 희생을 중심으로 했을 테고 어머니나 언니의 그러한 삶을 지켜본 처녀들은 차라리 수녀의 삶이 더 편하겠거니 생각했을 수 있겠다.

엄마가 수녀가 되려고 했던 이유 중 하나도 외할머니와의 불화였다고 들었다. 외할머니와 엄마는 어쩜 그럴까 싶게 모든 면에서 판이한 사람들이었고 그 차이가 만든 고통을 감당하는 것은 늘 엄마 몫이었다. 수녀가 되었다면 엄마는 외할머니로부터 자유를 얻었을 것이고 결혼 후 수십 년 동안 가족들 수발하는 노고도 면했을 것이다. 어느 쪽 삶이 엄마에게 더 행복했을까? 답은 모르겠다. 하지만 수녀가 아닌 일반인으로서의 삶이 훨씬 더 많은 수양과 도

닦음을 요구했다는 건 확실해 보인다.

 '이 삶은 무엇을 위한 것일까?'라는 질문은 아르헨티나 부에노스아이레스의 레콜레타 묘지에서도 던진 적이 있다. 영부인 에바 페론이 잠든 것으로 유명한 이곳은 묘지에 대한 내 고정관념을 뛰어넘는 모습이었다. 작은 비석만 서 있는 묘지도, 묘지 주인의 인생을 보여주는 조각상이나 조각판이 선 묘지도 아니었다. 둥근 봉분 따위는 없었다. 레콜레타의 묘들은 하나하나가 작은 집 형태였다. 그런 집들이 상하좌우로 뻗은 골목길 양쪽으로 깔끔하게 줄지어 서 있었다. 지붕도 있고 벽도 있고 대문도 있었다. 유가족들은 열쇠로 대문을 열고 들어가 추모하는 방식이었다. 바로 옆 성당 2층 창문으로 묘지를 내려다보니 줄 맞춰 늘어선 갖가지 색깔과 모양의 작은 지붕들이 정말로 작은 도시를 연상시켰다. 죽은 자들을 위한 예쁜 신도시라고나 할까.
 그 성당에서 내려오면서 성 선생님이 어느 소설 이야기를 들려주었다. 레콜레타처럼 예쁜 묘지를 관리하던 한 묘지기가 자신도 그 묘에 묻히고 싶다는 소망을 갖게 되었다고, 그리하여 평생 죽어라 일만 한 끝에 마침내 죽을 즈음에는 필요한 만큼의 돈을 모아 그 묘지에 들어가게 되었다고. 그러고는 "그 삶이 대체 무엇을 위한 거야? 어떤 의미가 있을까?"라는 질문을 덧붙였다. 나는 그저 "뭐 소망을 이뤘으니 충분히 의미 있는 삶이 아니었을까요."라고 짤막하게만 대답했다.

죽어서 묻힐 자리를 마련하기 위해 평생의 노력을 바치는 삶이라니 어찌 보면 우선순위가 바뀐 듯 우스꽝스럽다. 하지만 이승과 저승 중 어느 쪽에 더 가치를 두는지에 따라 전혀 우습지 않은 얘기가 될 수도 있다. 그 생각에 따르면 이승은 그저 저승으로 가기 위한 준비 단계에 불과하다.

그래서 내 삶은? 내 삶은 대체 무엇을 위한 것일까? 절대자를 믿지 않고 죽고 나면 물질로 분해되리라 생각하는 나는 무엇을 위해 사는 거지? 어쩌다 보니 태어나 있었고 환경의 영향과 교육의 영향을 받았다. 그리고 기왕 사는 것 가능한 한 더 많이 느끼고 생각하겠다는, 또한 긍정적인 자취를 남기겠다는 목표를 갖게 되었다. 그렇게 나름대로 꼭꼭 채워 살다 보면 죽는 순간 뿌듯하리라 생각한다.

2017. 01. 이구아수 폭포에서 엄마와 나

두 번째 여행

췌장암 말기 진단을 받은
엄마의 마지막 7개월을 함께하다

"치매보다는 말기 암 진단을 고맙다고 한답니다."

〰〰〰

췌장암 말기 진단을 내리면서 의사는 말했다. "외국 사람들은 말기 암 판정을 받으면 고맙다고 한답니다. 치매가 아닌 것이 얼마나 다행이냐면서요." 위로의 표현이었다. 남미 여행에서 돌아온 바로 다음 날인 2월 18일에 받은 진단. 드라마의 한 장면처럼 극적이었다.

여행 후반부에 몸 상태가 이상하다고 느꼈던 엄마는 돌아온 다음 날 동네 단골 병원에 갔다가 황달이라는 진단을 받았다. (여행 중 엄마 소변색이 진해진 것이 바로 황달 증상이었다.) 의사는 황달 치료를 시도하지 않았다. 원인이 다양할 수 있으니 당장 큰 병원에 가서 검사를 하라고 했다. 그날 오후 대학병원 응급실로 갔고 나도 동행했다. 응급실에서 각종 검사를 한 후 췌장암이라는 판정을 들었다. 담관이 막혀 황달이 온 것으로 판단해 스텐트를 삽입했다. 서서히 황달 수치가 내려가기 시작했고 후속 검사 일정을 잡은 후 일단 퇴원했다.

췌장암이라는 말을 들은 순간 엄마는 별 동요가 없었다. "지금까지 아픈 곳 없이 건강히 잘 산 것만 해도 어디냐. 고마운 일이지."라고 하셨을 뿐이다. 사실 여든이 가까운 엄마가 아무 지병이 없다고 하면 어느 의사든 눈을 크게 뜨고 놀라곤 했다. 나 역시도 영화나 드라마에서처럼 주저 앉거나 울음을 터뜨리지는 않았다. 한 집 걸러 암 환자가 있다는 실태도 익히 들어 알았고 주변에서 암 진단을 받은 사례도 여럿이다 보니 늘 언제든 차례가 올 것이라고 생각 해서였나 보다.

며칠 후 다시 입원을 했다. 췌장암이 간으로 전이되었다 는 영상 진단이 나왔는데 이를 확인하기 위해 간에서 조 직을 채취한다고 했다. 가는 바늘을 찔러 넣는 방식이라고 했는데 검사가 끝난 후 지혈을 해야 한다며 몸 한쪽을 무 거운 것으로 누르고 꼼짝 못 하게 고정시켰다. 검사 전 금 식한 터라 속이 빈 상태에서 움직이지도 못하게 하니 생고 생이 따로 없었다. 무려 네 시간을 가까스로 버틴 후 죽 몇 숟가락을 떠 넣은 엄마는 바로 토해내버릴 정도로 기진맥 진이었다. 채취한 조직에서 암세포가 나오지 않을 경우 다시 검사를 반복해야 한다는 말에 아연했는데 다행히 한 번으로 끝났다. 여전히 황달 수치는 천천히 내려가는 중이었고 의사는 입원하며 경과를 보자고 했지만 엄마가 집에 가고 싶어 해 퇴원했다.

그 검사는 오랜 후유증을 남겼다. 잘 먹지 못해 계속 체중이 줄면서 엄마는 엉덩이 살이 많이 빠져버린 상태였다. 고정된 자세로 누워 있는 동안 꼬리뼈가 피부를 압박했고 결국 상처가 났다. 그 상처는 끝내 완전히 낫지 못한 채 마지막에는 욕창으로 발전하고 말았다.

간 전이를 재확인한다는 목적의 그 힘든 검사가 꼭 필요한 것이었는지 잘 모르겠다. 본격 항암 치료에 들어가기에 앞서 데이터를 확보하는 의미였다고 한다면 항암 치료를 받지 않기로 한 엄마에게는 별 필요 없는 절차가 아니었을까. 종양 부위에 맞춰 바늘을 찌르긴 하지만 한 번에 조직이 나오지 않을 가능성도 크다는, 그러면 몇 번이고 반복해 바늘을 넣어야 한다는 설명을 들으면서 환자의 고통을 너무 가볍게 여기는 접근 방식이라 생각하지 않을 수 없었다.

"임상 실험에 참여하시지요."

~~~

큰 병원 진단은 여러 군데에서 받아야 한다고들 했다. 동일한 진단이 나오더라도 치료 계획은 다르게 나올 수 있다고, 그러니 비교해서 검토하고 선택해야 하는 것이라고. 엄마는 항암 치료에 회의적이었고 나 역시 반대 입장이었다.

어떻든 한 곳에서 더 진단을 받아보기로 하고 동생 내외가 다른 대학병원에 모시고 갔다. 오전이면 끝날 줄 알았던 일정이 오후까지 이어졌다. 다른 날 다시 병원을 찾아 받아야 하는 검사를 하루에 끝내게끔 배려한 것이라지만 엄마도 종일 고생이었고 동생 내외가 오후에 직장으로 돌아가야 하는 바람에 대신 보호자 역할을 해줄 사람을 구하느라 법석을 떨어야 했다.

진단 결과는 똑같았다. 간으로 전이된 췌장암 말기. 수술은 불가능했고 방사선 치료도 의미가 없고 항암제 치료만 받을 수 있다고 했다. 의사는 엄마도 있는 자리에서 참으로 솔직하게 '치료하면 11개월, 치료 안 하면 6개월'이라는 선고를 내렸다고 했다. 그리고 엄마는 살짝 눈물을 보였다고 했다. 처음부터 끝까지 내 앞에서는 한 번도 눈물을 보이지 않았다는 걸 생각하면 의외의 일이다. 너무도 단호한 의사의 말에 상처를 받으셨던 것일까.

7년 전 바로 그 병원에서 시어머니가 췌장암 진단을 받았던 때, 그때도 의사는 거침없이 여명 11개월을 선고했었다. 나는 화들짝 놀랐지만 다행히 시어머니는 제대로 알아들으신 것 같지 않았다. 하긴 시어머니는 시종일관 "내가 암이라꼬? 아이다, 그럴 리 없다. 병원 놈들이 돈 받아먹을라꼬 수작 부리는 기다."라는 태도를 취하셨으니 알아들었더라도 별 신경을 쓰지 않았을지 모른다.

환자가 솔직한 진단 결과를 듣는 것은 필요한 일이다. 하지만 어떤 방식이어야 할지는 단언하기 어렵다. 처음 만난 의사에게서 느닷없이 채 1년도 못 산다는 말을 듣게 하는 것이 좋을지, 환자의 성격과 상황을 고려해 선고 시점과 내용을 조정하는 것이 좋을지. 아니면 의사는 빠지고 가족들이 전하는 것이 좋을지.

다른 병원에서 치료받던 남편의 사촌 여동생은 위암 말

기라는 자기 병명을 끝내 모른 채 떠났다. 그 여동생의 남편이 내린 결정이었고 나는 그게 옳지 않다고 생각하면서도 환자 앞에서 연기를 할 수밖에 없었다. 가족들이 이렇게 입 열기 어려운 경우가 많다는 점을 감안해 어쩌면 그 대학병원은 고심 끝에 의사가 환자에게 직접 여명을 알려주자는 자체 정책 결정을 내렸는지도 모른다. 환자가 자기 결정권을 행사하려면 일단 진단 결과부터 정확히 알아야 하니 말이다.

두 번째로 찾은 대학병원에서는 진단 후 임상 실험을 권유했다. 미국에서 진행되는 췌장암 말기 환자 대상 신약 실험이라고 했다. 수술이 불가능하다니 쓸 수 있는 방법은 어차피 항암제뿐이었다. 실험 참여 여부를 결정하기에 앞서 일단 참여 가능성부터 확인하기 위해 유전자 돌연변이 검사를 받으라고 했다. 채혈 검사였다.

나는 듣자마자 걱정이었다. 엄마는 혈관이 가늘어 한 번에 채혈이 성공하는 경우가 드물었다. 두세 번 실패한 후 간호사가 교체되어 새로 찌르기도 했다. 그렇게 어렵게 바늘을 넣어 무지막지한 양의 피를 검사용으로 뽑아내는 것을 보면 한숨이 나왔다. '저 피를 만들려면 얼마나 힘이 들

텐데 남의 피라고 너무 함부로 하는 거 아니야?'

미국으로 시료를 보내 임상 실험 참여 가능성을 확인해야 하므로 며칠 시간이 걸린다고 하면서 간호사가 실험에 대해 설명을 해주었다. 그런데 위약 비율이 무려 3분의 1이라고 했다. 아니, 그럼 실험에 참여해 약을 받아 꼬박꼬박 챙겨 먹는 환자 세 명 중 한 명이 그저 대조군 데이터가 되어주는 역할이라고? 그래서 아무 효과도 없을 약, 거기에 어쩌면 먹기 힘들고 역효과까지 날지 모르는 약을 먹어야 한다고? 세 명 중 한 명이라니 엄마가 그 한 명이 될 확률은 어마어마하게 높지 않은가.

일단 화가 치밀었다. 엄마와 의논해 임상 실험은 안 하기로 했다. 마음을 가라앉히고 생각해보니 임상 실험이란 어차피 죽음을 앞둔 환자, 실험약이 효과를 발휘해 조금이라도 수명이 연장되면 좋고 반대로 부작용을 일으켜 수명이 조금 줄어들어도 개의치 않을 환자를 대상으로 한 것이었다. 실험약이 성공해 상용화된다면 그 혜택은 미래의 환자들이 보게 될 테고 말이다. 오늘의 환자들이 내일의 환자를 위해 살신성인한다고 할까. 의학 발전은 어차피 그런 과정을 거쳐 이루어져왔을 것이다. 내가 먹는 감기약이나 항생제 등도 어제의 환자들이 인체 실험을 당한 결과이리라.

하지만 오늘의 환자 입장이 되는 상황은 결코 마음 편하지 않았다. 엄마가 실험약 임상 실험 연구 논문의 데이터 하나로 들어가는 상황은 전혀 달갑지 않았다.

"게장은 아주 좋습니다."

~~~

2월 중순에 남미 여행에서 돌아와 두 병원을 오가며 진단을 받고 나니 3월이 되었다. 엄마는 "4월까지는 편하게 지낼래. 치료를 받더라도 그 이후에 시작하고 싶어."라고 하셨다.

3월에 대학의 봄 학기가 시작되었으므로 나는 계속 엄마 옆에 붙어 있지 못하게 되었다. 모임이며 학회며 다른 활동은 모두 중단했지만 수업은 해야 했다. 월화수목은 수업 시간을 피해 오전 중에, 혹은 저녁때 친정으로 갔고 금토일은 종일 친정에서 보냈다. 저녁때 엄마가 잠들면 살그머니 일어나 집으로 돌아왔다.

엄마는 계속 뭔가 먹기를 어려워했다. 밥은 안 넘어간다고 하여 물을 많이 넣고 쌀을 오래 끓여 미음이나 죽처럼 해드렸지만 한두 숟가락이 고작이었다. 인터넷에서 췌장암 환자에게 좋은 음식을 찾아보면서 고민 끝에 준비해도 반응은 신통치 않았다. 결혼한 다음에도 16년 동안 엄마가 지은 집 아래층에서 함께 살면서 엄마가 해주는 밥을 먹었던 내가 갑자기 조리 담당이 되었으니 아마 음식도 신통치 않았을 것이다. 엄마는 치아가 몇 개 없어 씹으려면 틀니를 껴야 했는데 틀니 끼기를 힘들어하는 바람에 더욱 음식 먹기가 어려웠다. 틀니를 끼기만 해도 아파하는 상황이니 씹기는 언감생심이었다. 틀니 없이 먹을 수 있는 식사만 차려야 했다.

그러던 중에 엄마 친구분이 소개한 한의원에 가게 되었다. 엄마 친구분은 유방암 수술 후 항암 치료를 받으면서 그 한의원에서 기력을 보하는 치료를 받고 있었다. 엄마는 양방이고 한방이고 병원은 딱 질색이었지만 친구가 소개해서인지 가볼 마음을 먹었고 막상 가본 후에는 다행히 여자 한의사가 마음에 든다고 했다. 상담과 침 치료가 중심이었고 한약 처방은 없었다. 단백질 보충을 위해 귀뚜라미 분말만 매일 찻숟가락 하나 분량씩 먹으라고 권했다. 귀뚜라미 분말을 사기는 했지만 얼마 먹지는 못했다. 본래 냄새에 민감하고 까다로운, 게다가 아프면서 더욱 까다로워진 엄마 입맛에 잘 맞지 않았던 것이다.

한약 위주로 치료를 시도하는 병원이었다면 아마 한 번 가보고 말았을 것이다. 실제로 그런 한의원도 간 적이 있다. 수술과 방사선, 항암제라는 전형화된 암 치료 과정에서 효과를 보지 못했거나 의구심을 가진 사람들을 위한 한의원이 여러 곳 있었고 소개를 받아 한 곳에 가보았다. 그 한의사는 엄마 상태를 살피기보다 자기 치료의 성공 사례 소개에 열을 올렸고 법정 액수보다 열 배 넘게 비싼 초진료비를 받았으며 자신이 개발한 약만 먹으면 호전된다고 장담했다. 나는 '이런 사기꾼 같으니라고. 끓인 밥도 몇 숟가락 넘기기 어려운데 저 많은 한약을 어떻게 먹으라는 거야'라고 속으로 중얼거리면서 뒤도 돌아보지 않고 그 한의원을 나왔다.

한의사와 환자도 궁합이 맞아야 하는 모양이다. 여자 한의사는 엄마 맥을 짚어보면서 엄마가 자기와 체질이 비슷하다고 했다. 그 말을 들어서 그런지 내게도 한의사가 엄마와 어쩐지 비슷한 분위기를 풍기는 것으로 느껴졌다. 늘 다음 순서 환자들이 대기하는 상황이라 시간에 쫓겼지만 엄마는 이것저것 궁금한 점을 많이 물어보았다. 지난 진료 이후 뭘 먹었는지, 앞으로 뭘 먹어야 하는지도 한의사와 엄마의 주된 화제였다.

엄마는 전에는 잘 먹지도 않았던 게장이 입에 당긴다고, 게장은 먹어도 괜찮은 음식인지 물었다. 한의사는 "게장은 아주 좋습니다."라면서 매운 음식과 마늘 등 양념이 강한 음식을 가능한 한 피하라고 했다. 매운 음식도, 양념이 강한 음식도 엄마가 예전부터 잘 안 먹던 것이라 별 문제는 없었다. 엄마는 본래 밥보다는 국수나 빵, 떡을 더 좋아하는 사람이었다. 그걸 알기라도 한 듯 한의사는 엄마가 밥을 먹기 어렵다고 하자 "그럼 국수는 어떠세요?"라고 물었다. 췌장암 환자 식이에서 밀가루 음식을 먹지 말라고 되어 있어 못 드리던 참이었다. 한의사는 "신경 쓰지 말고 먹고 싶은 것, 먹을 수 있는 것으로 드십시오."라고 말해주었다.

그리하여 엄마가 마지막까지 제일 많이 먹은 음식은 소면, 냉면, 메밀 등 국수류였다. 먹는다고 해봤자 보통 사람 한두 젓가락 정도 분량에 불과했지만 말이다. 나는 몸에 좋다는 통황태를 오래 끓여 국물을 내기도 하고 멸치 육수나 소고기 사태 육수를 내기도 했다. 물김치나 동치미를 담가서는 국물만 육수에 섞어 소면 국물로 썼다. 어차피 건더기는 씹지를 못하니 국수라 해도 푹 삶은 면을 국물에만 것이 전부였다. 그러니 가능한 한 국물에 신경을 쓸 수밖에 없었다.

국수를 안 먹을 때는 쌀이나 좁쌀, 녹두를 오래 끓인 미음 몇 숟가락을 게장 살과 함께 드렸다. 곡기를 끊기 전 8월 초에 마지막으로 먹은 식사도 미음 세 숟가락과 게장이었다.

아침 식사는 수란, 잘게 썬 떡이나 빵, 과일이었다. 엄마는 수란 만드는 법을 나한테 설명했고 며칠 만에 나는 그 전까지 먹어본 기억도 없는 수란을 능숙하게 만들게 되었다. 단백질이 별로 없는 엄마 식단에 그나마 아침마다 계란이 들어가는 것이 다행이었다.

그동안 밖에 나가 일한답시고 소홀했던 주부 수업을 엄마가 흠씬 시켜주나 보다 하는 생각이 들었다. 하지만 미래의 살림을 위해서뿐 아니라 그 순간의 마음 관리를 위해서도 엄마의 식사 준비는 도움이 되었다. 넋 놓고 울면서 보낼 시간은 없었다. 부지런히 다음 끼니를 계획하고 준비하는 일이 반복되었으니까.

"준비가 됐다 싶은 때는 없어."

~~~
~~~
~~~

4월 말부터는 누군가 친정에서 자야 하는 상황이 되었다. 무리한 외출을 하고 온 엄마가(암 말기 소식을 들은 지인이 굳이 자기 집에 초대해 식사를 대접한다고 해 멀리까지 다녀왔던 것이다.) 밤새 복통에 시달렸고 결국 사나흘 병원 신세를 지면서 담관 스텐트를 교체했다. 평소처럼 이른 아침에 엄마한테 전화했다가 배가 아프다는 말을 들은 나는 하늘이 무너지는 듯했다. 췌장암의 그 악명 높은 통증이 드디어 시작되는구나 싶었다.

다행히 복통은 일시적이었다. 하지만 여러 부정적인 증세가 한꺼번에 나타났다. 다리와 발이 부종으로 부어올랐다. 또 염증 수치가 높아 지켜봐야겠다고 했다. 마지막으로는 혈당 수치가 치솟아 인슐린 주사를 맞아야 했다. 평생 당뇨와는 거리가 먼 엄마였기에 혈당 수치 문제는 특히

나 전혀 예상하지 못한 일이었다. 늘 그렇듯 문제는 갑자기 나타났고 해결은 좀체 되지 않았다. 혈당 수치는 인슐린을 주사하면서 떨어지기를 기다려야 했고 염증 수치와 부종에 대해서는 병원에서 특별히 해줄 수 있는 조치가 없는 듯했다.

엄마는 집에 가겠다고 고집을 부렸다. 의사는 하는 수 없이 동의하면서 "다음에 오실 때는 정리 다 하고 오셔야 합니다."라고 말했다. 마지막이라 생각하고 집에 다녀오라는 말이었다.

그 말에 울음이 터졌다. 2월 중순 말기 암 선고 이후 적어도 엄마 앞에서는 한 번도 눈물을 보이지 않았는데 말이다.

"난 엄마 없이 어떻게 살지 모르겠어."

"다 살 수 있어."

"난 아직 준비가 안 됐다고."

"준비가 됐다 싶은 때는 없어."

울음 섞인 내 말에 엄마는 침착하게, 마치 남의 일인 양 대답했다. 그리고 난 거기 수긍할 수밖에 없었다. 10년, 20년이 더 흐른 후 똑같은 상황이 벌어졌다 해도 난 준비가 안 된 상태일 테니까.

그렇게 퇴원을 하고 언니와 내가 교대로 엄마 옆을 지키기로 했다. 내가 다음 날 수업이 있는 사흘을 언니가 친정에서 자고 나머지 날은 내가 맡았다. 엄마는 거의 먹지를 못했고 당연히 계속 기력이 떨어졌다. 마지막이 얼마 남지 않은 것으로 보였고 온 가족이 다 모여 작별 인사도 했다. 그동안 너무 애쓰셨다고, 늘 우리를 위해주셔서 고마웠다고, 열심히 잘 살겠다고. 그러다가 거짓말처럼 상태가 호전되었다. 엄마는 조금씩 먹기 시작했다. 기저귀 대신 침대 옆 이동식 변기를 사용하다가 드디어는 부축을 받고 화장실에 가게 되었다.

형부 직장 때문에 20년 전부터 지방에 내려가 터를 잡고 사는 언니는 매주 고속버스를 타고 올라오는 일을 힘겨워했다. 친정에서 하루 종일 꼼짝 못 하고 집을 지켜야 하는 일도 힘들다고 했다. 직장에 다니지 않고 전업주부로 두 아이를 키운 언니였지만 알고 보니 언니는 매일 바깥에 나가 사람들을 만나면서 에너지를 얻는 유형이었다. 그러니 아픈 엄마 옆에서 수발을 들며 집에 처박혀 사흘 반을 보내는 것은 감옥살이나 다름없었다.

나는 언니가 그런 유형이라는 걸 미처 몰랐다. 언니가 스물넷, 내가 스물둘까지 한방을 쓰면서 함께 자란 자매였지만 각자 결혼해 따로 살아온 세월이 어느새 그보다 더 오랜 상황이었고 우리는 서로를 잘 안다고 착각할 뿐 실상 거의 알지 못하는 사이였다.

사소한 신경전이 계속 발생했다. 언니는 답답한 시간을 나름대로 활용할 생각에 냉장고를 정리하곤 했고 당번 바통을 이어받은 나는 언니 방식대로 정리된 냉장고를 보면 짜증이 났다. 일일이 뚜껑을 열어 뭘 어디 넣어놓았는지 확인해야 했으니 말이다. 찬밥을 밥공기에 1인분씩 담고 뚜껑을 덮어 넣어두었다가 바로 전자레인지에 돌리는 것이 내 방식이라면 그걸 큰 플라스틱 통에 한꺼번에 모아두는 것이 언니 방식이었다.

빈 반찬통을 찬장에 넣을 때 나는 바로 꺼내 쓸 수 있도록 뚜껑을 닫아두었지만 언니는 공간 절약을 위해 반찬통과 뚜껑을 따로 보관했다. 플라스틱 통에서 밥을 퍼서 공기에 옮겨 담아 전자레인지에 돌려야 할 때마다, 찬장을 뒤지며 반찬통 뚜껑을 찾을 때마다 나는 언니가 괜한 일을 나한테 시키고 있다는 느낌을 받았다. 언니는 내가 해놓은 반찬이, 나는 언니가 끓여놓은 국이 입맛에 맞지 않았다.

그렇게 몇 주가 흐른 후 사람을 구하자는 얘기가 나왔

다. 입주해서 엄마 간병도 하고 아버지 식사도 챙겨줄 그런 사람이 필요하다고 언니는 물론이고 엄마 돌보는 일에 거의 손을 보태지 않던 동생네까지 나서서 주장했다.

나는 며칠 고민했다. 하지만 사람을 쓰면 좋겠다는 생각이 들지 않았다. 우선 엄마가 원하지 않는 듯했다. 우리가 아주 어렸을 때를 제외하고 엄마는 사람을 쓰지 않았다. 그때도 음식은 남의 손에 맡기지 않았던 것 같다. 새로 집을 지어 이사한 후 계단 청소 등 일손이 필요해지자 청소를 도와주는 분만 한 주에 한 번씩 오는 상황이었다. 엄마는 사람을 쓰지 않으면 좋겠다고 분명히 의사를 표현하지 않았다. "천천히 구해야지……"라고 말끝을 흐리기만 했다. 나는 그걸 '사람을 구하지 않고 당분간 너희가 맡아 해주면 좋겠다.'라는 생각을 돌려 말하는 것이라 판단했다.

나도 사람을 쓰는 것이 망설여졌다. 일하는 사람이 온다고 해서 엄마 옆을 비워두기는 어려웠다. 초기의 적응기에는 물론 그럴 것이었고 적응이 끝난다 해도 그냥 맡겨놓을 수는 없지 않은가. 아무리 좋은 분이라 해도 언제 어떤 증상이 나타날지 모르는 엄마를 그분과 둘이 남겨둘 수는 없었다. 그럼 결국 친정집에 공존하게 될 나와 그분의 역할 분담은 어떻게 되어야 하는 것일까. 나는 그분이 제대로 일을 하고 있는지 감독하는 입장이 되어야 하는 것일까.

집에서 사람을 써본 적 없는 내게는 생각만 해도 부담스러운 과업이었다. 일하는 사람이 먹고 자고 씻는 것도 문제였다. 그 밥은 누가 해야 하는 것인지, 내가 해야 할지, 직접 하게 해야 할지 알 수 없었다. 잠자리를 어디에 어떻게 마련해야 할 것인지도 고민스러웠다.

결국 나는 사람을 쓰지 않는 것이 더 편하겠다고 말했다. 6월 첫 주에 부지런히 학기를 끝내고 방학을 하고 나면 더더군다나 일하는 사람은 필요 없을 거라고. 결국은 그렇게 되었다. 그리고 나는, 일하는 사람이 필요 없다고 말했던 나는, 당연히 혼자서 모든 일을 다 떠맡아야 하는 존재, 힘들다고 말하거나 도움을 청하지도 못하는 존재가 되었다. 내 여름방학은 오롯이 엄마와 함께 보내는 시간이 되었다.

"아프지는 않아요."

병원에 갈 때마다 의사들은 "아프지 않으세요?"라고 물었
다. 엄마는 늘 "아프지는 않아요."라고 대답했다. 그러면 의
사들이 엄마 배 이쪽저쪽을 꾹꾹 누르면서 다시 묻곤 했
다. "아프지 않으세요?" 대답은 한결같았다. "아프지는 않
아요."

췌장암은 통증으로 유명한 병이다. 통증 때문에 눕지도
못하고 앉아서 투병해야 하는 병이라고들 한다. 처음에 췌
장암 진단이 나왔을 때 내 제일 큰 걱정도 언제 등장할지
모를 통증이었다. 하지만 천만다행으로 엄마는 끝까지 통
증이 없었다. 하루 정도 복통이 있었을 때 통증이 시작되
는가 싶어 잔뜩 겁을 먹었지만 일시적이었다. 의사 설명으
로는 척추 전이인 경우 통증이 극심한데 엄마는 간 전이여
서 통증이 없는 거라고 했다.

하긴 2013년에 떠나신 시어머니도 통증이 없었다. 임파선에 전이된 췌장암 말기로 여명 11개월 선고를 받은 시어머니는 이후 3년을 별문제 없이 사셨다. 그러다 식사를 점점 못 하시게 되고 다리 부종이 심해지면서 노인병원에 들어갔고 거기서 한 달을 보낸 후에 돌아가셨다. 시어머니가 가신 지 4년 만에 다시 친정엄마가 똑같은 췌장암 말기 진단을 받다니 참으로 얄궂었지만 두 분 모두 통증이 없다는 건 참으로 감사한 일이었다.

4월 말 병원에 입원한 후 나타났던 엄마의 다리 부종은 천천히 가라앉았다. 할 수 있는 일이라고는 침대 발치를 높게 하고 틈날 때마다 주물러드리는 것이 고작이었다. 점점 심해질까 봐, 그리하여 복수까지 나타날까 봐 겁을 먹었지만 다행히 부종은 그것으로 사라졌다.

다음으로는 온몸의 피부 껍질이 벗겨지기 시작했다. 햇볕에 피부를 지나치게 태웠을 때 나타나는 증상과 비슷했다. 당연히 가려움증이 동반되었다. 5월 말부터 평일 세 시간씩 오기 시작한 요양보호사가 오일 마사지를 열심히 해주었다. 가려움증도 덜고 피부도 정리하는 효과가 있는 것 같았다. 엄마는 본래 마사지를 싫어하는 사람이었지만 미용사 출신인 요양보호사의 손길은 좋아하는 것 같았다.

"매일 오일 마사지를 받다니 무슨 복인지 모르겠다."라고 말씀하시기도 했다. 요양보호사가 안 오는 주말에는 내가 어설픈 대로 마사지를 했다. 침대에 피부 껍질이 우수수 떨어지는 상황이라 테이프로 침대 시트를 계속 청소했다. 손바닥 피부까지 한 꺼풀 벗겨지는 것을 마지막으로 그 상황도 종료되었다.

6월이 지나면서는 눈에 띄게 머리카락이 빠지기 시작했다. 엄마는 숱이 무척 많은 편이어서 겉으로는 알아차리기 어려웠지만 머리를 빗길 때나 감길 때 뭉텅이로 빠지는 것이 보였다. 다시 침대 시트 테이프 청소가 필요해졌다. 침대에서 내려와 화장실을 가거나 이동식 변기를 사용할 때면 빗질로 머리카락을 정리하는 것이 새로운 일과가 되었다. 나중에는 그 많던 머리카락이 어느새 사라져 머리통이 들여다보일 정도가 되었다.

피부가 벗겨지는 것이나 머리카락이 빠지는 것은 항암 치료의 부작용으로 알려져 있다. 하지만 엄마는 암 치료를 전혀 받지 않았음에도 그런 증상을 보였다. 나는 아마도 병에 맞서는 인체의 반응인 모양이라 생각했다. 한 꺼풀 피부를 벗겨내고 머리카락도 떨어뜨려 몸을 덜 부담스럽게 만든다고 할까. 필요 없는 것을 덜어내 에너지를 필요한 곳에 집중한다고 말이다. 물론 나쁘게 말하면 그만큼 세포의 힘이 약해졌다는 뜻일지도 몰랐다.

마지막까지 엄마를 괴롭힌 것은 꼬리뼈였다. 대학병원의 간 조직 검사 후 남았던 상처는 천천히 아물어 딱지가 앉았다. 하지만 방귀를 뀔 때마다 무른 변이 살짝 새어나오는 것에 신경이 곤두선 엄마가 계속 패드를 대고 있는 바람에 딱지 안으로 염증이 생겨버렸다. 내가 발견했을 때는 이미 안쪽으로 고름이 가득했다. 어째서인지 이 상처도 엄마는 아프다고 느끼지 못했고 그 바람에 진작 알아차릴 수 없었던 것이다.

꼬리뼈가 몸 가운데 부분이다 보니 똑바로 눕기가 어려웠다. 꼬리뼈 부분이 눌리지 않도록 수건을 접어 받쳐보기도 하고 작은 방석의 가운데 부분을 오려내 받침을 만들어보기도 했지만 신통치 않았다. 시중에서 파는 도넛형 방석은 엄마가 누워서 사용하기에는 너무 두툼해 불편했다. 엄마는 똑바로 눕고 싶을 때는 손을 엉덩이 아래에 넣곤 했다. 한번은 왼손, 그다음에는 오른손을.

염증을 치료해야 했다. 욕창 진단이 내려졌다. 가정간호사는 알코올 소독을 하고 약을 바르고 마데카솔 가루를 뿌린 후 폭신한 재료를 대고 그 위에 접착 재료를 붙이라고 방법을 알려주었다. 간호사 방문은 일주일에 한 번이었고 그사이에는 내가 드레싱을 해야 했기 때문이다. 알코올과 마데카솔을 제외한 재료는 가정간호사가 가져다주었다. 뼈가 살짝 보일 만큼 깊은 상처여서 보기에는 무척 아플 듯했지만 엄마가 아프지 않다고 하는 덕분에 배운 대로 처치를 하면서도 나는 침착할 수 있었다. 엄마가 아파했다면 알코올 솜으로 욕창 부위를 소독하고 약을 바르는 일은 결코 쉽지 않았을 것이다.

앓는 소리도 내지 않고 불평도 없던 엄마가 가장 괴로워했던 때는 소변이 안 나오게 된 날이었다. 돌아가시기 일주일 전이었다. 엄마는 끝까지 기저귀에 소변을 보지 않았다. 기저귀 자체를 쓰고 싶어 하지 않았다. 꼬리뼈 욕창 때문에 나도 기저귀는 쓰지 않는 것이 좋다고 생각했다. 밤중에 이동식 변기에 앉혀드렸는데 소변이 나오지 않았다. 그렇게 날이 밝았고 아침이 오자마자 가정간호사에게 전화를 걸어 소변줄을 끼워야 할 상황이라고 알렸다.

금방 오겠다던 간호사는 좀체 오지 않았고 엄마는 고통스러워했다. 소변이 마려운데 안 나올 때의 고통을 직접 경험한 적은 없지만 시어머니가 소변줄을 끼기 전에 응급실에서 발작 상태가 되었던 모습을 보았던 터라 마음이 급했다. 엄마가 열두 시간 이상 소변을 보지 못한 시점이 되어서야 간호사가 도착했다. 의사 오더가 필요한 조치라 간호사도 초조하게 기다렸다가 달려온 것이라 했다. 줄을 끼우자마자 소변이 쏟아져 나왔다. 그래도 소변이 마려운 느낌은 몇 시간 동안 지속된다고 했다. 나는 4년 전 시어머니를 보면서 했던 생각을 다시 했다. '원할 때 소변을 볼 수 있다는 것은 얼마나 큰 축복인가.'

"나는 집에서 자연사하기를 원해."

"지푸라기라도 잡고 할 수 있는 건 다 해봐야지."

엄마 친구들이 문병을 오면 아버지는 늘 그렇게 말을 했다. 지푸라기라도 잡아야 하는데 환자가 그럴 마음이 없어 큰일이라고. 못마땅하기 짝이 없는 표정을 지으면서 말이다. 호스피스 수녀님이 방문하게 되었을 때도 아버지는 수녀님을 붙잡고 엄마가 어떻게든 살아남겠다는 의지를 가질 수 있도록 해달라고 부탁했다. 수녀님보다 내가 더 난감했다. 삶을 정리하고 잘 죽을 수 있게끔 도와주러 온 분한테 엉뚱한 요구를 하는 셈이어서.

호스피스 수녀님은 내가 인터넷 검색으로 찾아낸 분이었다. 수녀회에서 가정 방문 호스피스를 해준다고 했다. 아마도 한참 대기해야 순서가 돌아올 것이라 예상하고 전화를 걸었는데 의외로 바로 며칠 후부터 와주셨다. 생각보다 가정 방문 호스피스를 원하는 사람이 적은 모양이었다. 하긴 환자 가족들이 아버지처럼 반응한다면 호스피스 자체를 거부할 가능성이 컸다.

엄마는 처음 만났을 때부터 수녀님을 좋아했다. 수녀님은 유쾌한 말벗이었다. 엄마한테 이것저것 물어보기도 했지만 자기 어린 시절 이야기, 자기 어머니가 돌아가셨던 때의 경험담, 호스피스 활동과 함께 간호학 공부를 하면서 겪는 어려움 등을 솔직하게 털어놓기도 했다. 실제적인 도움도 주었다. 직접 배합한 오일로 마사지를 해주었고 엄마 머리를 잘라야 할 때가 되자 자원봉사 미용사를 집에 모셔오기도 했다. 말기 암 환자를 많이 접한 수녀님은 언제든 의논할 일이 있으면 전화하라고 했다. 덕분에 나는 든든한 조언자를 얻었다.

4월까지 평소처럼 지낸 후 치료 여부를 결정하겠다고 했던 엄마는 아마 속으로는 애초부터 병원 치료를 받지 않을 작정이었던 것 같다. 4월 말에 갑작스러운 복통으로 하는 수 없이 병원에 다녀온 후에는 속마음을 분명히 표현했다. "나는 집에서 자연사하기를 원해." 그래, 그게 가장 엄마가 내릴 법한 결정이지. 나는 생각했다. 엄마는 온갖 연결선을 주렁주렁 몸에 달고 중환자실에서 생명 연장을 하고 싶지 않다고 평소부터 말해왔으니까. 면회 시간에나 잠깐 들여다볼 수 있을 뿐 엄마 혼자 기계에 둘러싸여 마지막을 보내게 하는 것은 나도 싫었다. 내가 환자가 되었을 때도 그건 하고 싶지 않은 선택이었다.

문제는 엄마의 그 결정을 가족들이 순순히 받아들이지 않았다는 데 있었다. 당연히 병원 치료를 받아야 한다고, 백번 양보해 항암제는 쓰지 않더라도 암에 좋다고 하는 온갖 것들을 시도해야 한다고 했다. 엄마 몸에 대한 결정권은 엄마한테 있다는 말을 나는 참 여러 번 해야만 했다.

내 몸에 대한 결정권은 내게 있다. 하지만 암 진단을 받은 순간 그 결정권은 조각조각 나기 일쑤이다. 한 조각은 의사에게, 다른 조각은 배우자에게, 다른 조각은 자식들에게. 그중 전문가는 의사 하나다. 전문가는 매뉴얼대로 치료법을 제안한다. 전이가 없다면 수술, 전이가 되었다면 항암제. 항암제는 이걸 써보고 효과가 없으면 저걸 쓴다. 이것과 저것을 섞어서 쓰기도 한다. 아직 유효한 상세 매뉴얼이 없구나 생각할 수밖에 없는 상황이다. 다른 한편 배우자나 자식들은 대부분 전문가가 아니다. 하지만 결정권을 행사하려 든다. 환자 본인은 병의 고통 때문에, 혹은 심리적 충격 때문에 제대로 판단할 수 없다고 전제하면서.

나는 엄마의 결정을 지켜주고 싶었다. 당연히 아버지와 부딪쳤다. 집 안팎에서 오랫동안 명령과 지시만 내리며 살아온 아버지는 설득이 되지 않았다. 말싸움을 넘어 몸싸움 직전까지 갔다. 몸싸움을 해도 내가 지지는 않을 것 같았다. 아버지는 노인이 되었고 나는 몸집이 작지 않은 성인이니. 직전까지만 가고 만 것은 결정적인 순간, 혹시라도 아버지가 다치게 되면 내가 환자 두 명을 떠맡아야 한다는 생각이 머리를 스친 덕분이었다.

아버지는 "네가 엄마를 죽이고 있어."라는 독설까지 했다. 비수처럼 꽂히는 말이었다. 내가 엄마를 죽이고 있다고? 나는 최선을 다해, 내 일상을 몽땅 포기한 채, 엄마가 원하는 바대로 해주고 있을 뿐이야. 엄마의 결정이 정말로 명을 재촉하는 방향일 수도 있지만 설사 그렇다 해도 결정권은 엄마한테 있는 것이 아닌가.

결국은 엄마가 바라던 대로 해드릴 수 있었다. 원치 않는 치료는 받지 않았다. 4월 말 이후 몇 주 동안 제대로 식사를 못 해 상태가 나빠졌을 때 딱 한 번 원치 않는 입원을 했을 뿐이다. 남동생의 강권이었다. 엄마는 싫다고 분명히 말했지만 동생은 고집을 꺾지 않았다. 하루를 병원에서 보내고 온 후로 엄마는 조금씩 상태가 나아졌다.

병원 덕분이라는 생각은 들지 않았다. 무리가 되지 않도록 아주 천천히 링거를 한 병 맞은 것 외에는 어차피 별 처치도 없었다고 했으니까. (나는 나대로 화가 나서 병원에 동행하지 않았다.) 음식을 받아들이지 않던 엄마의 소화기 상태가 바닥을 치고 조금씩 상승세를 타기 시작한 시점이 우연히 맞물린 것으로 보였다. 어떻든 다행이었다. 링거 한 병만 맞고 퇴원하게 하겠다는 동생의 약속이 지켜진 것도, 엄마의 상태가 조금씩 나아지기 시작한 것도.

링거주사의 효과에 대해 나는 아직까지도 결론을 내리지 못했다. 병원에 입원하면 당연한 수순으로 링거주사가 시작된다. 주삿바늘이 꽂힌 한 팔을 제대로 쓰지 못하게 되는 환자로서는 옷 입는 일도, 화장실 가는 일도, 침대에서 돌아눕는 일도 한없이 불편해지는 장치이다. 반면 의료진 입장에서는 혹시라도 예상치 못한 상황이 발생할 경우 새로이 혈관에 주사를 꽂지 않고도 얼마든지 필요한 약을 주사할 수 있도록 해주는 장치가 링거다. 어쩐지 환자보다는 의료진 편의를 먼저 생각하는 듯 여겨지는 장치이기도 하다. 의사의 퇴원 오더가 떨어지기 전까지는 절대로 혈관에서 뺄 수 없는 굵은 주삿바늘.

엄마 같은 말기 암 환자가 링거주사를 반드시 맞아야 하는지는 더욱 의문이다. 이건 시어머니 때의 경험 때문인지도 모른다. 노인병원에 입원하셨던 시어머니는 내내 링거액을 맞았고 사망 선고가 내려진 후에야 주삿바늘을 뺄 수 있었다. 하루 뒤 입관 때 다시 보게 된 시어머니는 그때까지도 입과 코에서 계속 수액이 흘러나오는 상태였다. 어차피 신체가 받아들이지 못하는 수액은 갈 곳이 없었던 것이다.

엄마의 첫 입원 때 나타났던 다리 부종도 나는 수액 때문이 아닐까 생각했다. 의식이 없고 따라서 자발적인 수분 섭취가 불가능한 환자라면 모르겠지만 그 외의 경우라면 대체 왜 수액 주사가 필요한지 납득이 가지 않았다. 가정간호사가 포도당액 대신 우윳빛 영양 주사를 시도한 적도 있었지만 엄마가 곧 어지럼증을 호소해 빼버려야 했다. 결국 엄마가 맞은 링거는 소금이나 설탕이 살짝 들어간 물이었고 영양분의 의미가 거의 없었던 셈이다.

하지만 가족들은 링거주사를 절대적으로 신뢰했다. 링거는 엄마가 뭔가 보살핌을 받고 있다는 증거처럼 여겨지는 듯했다. 결국 일주일에 한 번씩 가정간호사가 와서 링거주사를 놓는 것으로 타협이 되었다. 엄마도 할 수 없다는 듯 별 거부 없이 받아들였다. 간호사가 오지 않으면 모를까 한 주에 한 번 방문하는 상황에서 링거주사는 피할 수 없었다.

매뉴얼에 따라 움직이는 의료인인 간호사는 링거의 필요성에 추호도 의심을 품지 않았다. 간호사가 링거를 꽂아두고 가면 두 시간쯤 후에 내가 바늘을 빼고 처리를 했다. 엄마가 링거 때문에 돌아눕지 못해 힘들다고 하면 수액이 반쯤 남은 상태에서 빼버리기도 했다. 돌아가시기 나흘 전 내가 학교에 가 있을 때 집에 온 간호사가 전화를 걸어왔다. 혈압이 불규칙하고 혈관에 바늘을 꽂을 수 없다고 했다. 엄마의 링거주사는 그렇게 끝났다.

"심심하긴 뭐가 심심해."

〜〜〜
〜〜〜

복통으로 잠깐 입원했다가 집에 돌아온 후 엄마는 침대에
누운 채 종일 시간을 보냈다. 뇌졸중 후 반신마비로 7년을
누워 계셨던 외할머니가 쓰던 전동식 환자 침대였다. 골목
끝 산 옆에 지은 집의 3층이라 침대에서도 창밖으로 나무
와 하늘이 보였고 새소리, 바람 소리, 빗소리가 들리긴 했
다. 그래도 걱정이 되어 심심하지 않느냐고 물어보면 엄마
는 늘 "심심하긴 뭐가 심심해."라고 대답했다. 아무것도 안
하고 가만히 누워 조용히 하루하루를 보내는 엄마 모습이
낯설었다. 내가 아는 엄마는 조용한 성품이긴 해도 늘 무
언가 하고 있던 사람이어서.

평소의 엄마는 아침마다 신문을 꼭 챙겨 읽고 TV 아침
프로를 보는 사람이었다. 아침 드라마를 보기도 했지만 다
큐멘터리나 강연을 더 좋아했다. 누워서 쉴 때나 저녁에

잠들기 전에는 꼭 라디오를 들었다. 음악 프로보다는 시사나 강연 프로를 주로 선택했다. 책도 많이 읽었다. 구립 도서관이나 동회 도서관에서 책을 빌려 왔고 독서회 모임 회원으로 매달 신간을 받아 읽기도 했다. 박물관 대학이나 미술관 강좌에 가서 강의를 듣는 데도 열심이었다.

일주일에 두세 번은 점심 약속이 잡혀 있었다. 초등학교 동창, 여고 동창, 대학 동창들이 매달 모였고 두세 명씩 따로 만나는 모임도 있었다. 1938년생인 엄마는 40년대 중반부터 학교에 다니기 시작해 61년에 대학을 마쳤다. 초등학교부터 대학까지 줄곧 함께 다닌 친구들도 많았다. 그런 친구들과는 서로의 집을 자주 오가면서 형제 관계며 가족 상황을 훤히 알면서 자랐다고 했다. 그 얘기를 듣다 보면 당시의 서울이 아주 작아 보였다. 한 다리만 건너면 누구든 어느 집 아이인지 다 알게 되는 세상이랄까. 일찍 돌아가신 내 친할머니가 나중에 알고 보니 엄마 친구 한 명을 큰며느릿감으로 찍어두었다는 이야기까지 전해 들었다.

환자가 된 후 엄마는 즐겨 듣던 라디오 시사 프로도 듣지 않고 평소 보던 TV 교양 강좌 프로도 보지 않았다. 드라마나 예능 프로를 보면 그나마 덜 지루하지 않을까 싶어 켜드리면 "도대체 무슨 소리를 하는 건지 모르겠다."라며 금방 시선을 거둬버렸다. 주의집중력이 떨어진 탓인지, 엄마의 일상과 동떨어진 내용에 흥미가 없는 탓인지 알 수 없었다. 결국 TV는 종일 별 쓸모 없이 방구석 공간을 차지하는 물건으로 전락했다.

그렇게 좋아하던 친구들과 전화 통화도 하지 않았다. 50년 지기, 60년 지기인 친구들과 한 시간씩 통화하는 일도 드물지 않던 엄마였다. 하지만 미국 사는 단짝 친구가 엄마 소식을 듣고 전화를 걸어와 통화 내내 울어버린 이후부터 아예 전화를 받지 않았다. 친구가 아무 말도 못 하고 울기만 하는데 어떻게 해야 할지 난감하더라는 엄마 말을 들으니 나도 이해가 갔다.

절친한 친구가 시한부 선고를 받았다면 전화를 걸어 무슨 말을 할 수 있을까? "좀 어떠니?"라고 물으면 "그냥 뭐 견딜 만해."라고 답이 나올 것이다. "마음 단단히 먹고 기운 내야 한다."라고 격려하면 "그래, 그럴게."라고 대답하겠지. "내가 뭐 해줄 일 없니?"라는 질문에 "뭐 특별히 해줄 것은 없어."라는 답변까지 나오고 나면 더 이상 대화가 이어지기 어렵다. 평소처럼 남편 얘기, 자식이며 손주들 얘기, 동창회 행사 이야기를 나누게 되지는 않는다. 평소처럼 수화기를 붙잡고 깔깔 웃어댈 일은 더 이상 없다.

친구들끼리 즐거이 주고받는 대화는 늘 삶을 전제로 한다. 지금 어떤 고민과 걱정이 있는지 털어놓는 말은 그 고민과 걱정이 해결될 미래를 향한다. 언제 어디서 모여서 뭘 할지 의논하는 얘기도 미래의 어느 순간 모두 밝은 얼굴로 마주 볼 수 있다는 가정하에 가능하다. 형제자매가 없는 외둥이 엄마와 자매나 다름없게 가까웠던 친구들 사이에 갑자기 경계선이 쳐진 꼴이었다.

그다음부터 엄마 친구들과 통화하는 것은 내 일이었다. 친구분들은 "우리가 맨날 전화해 엄마 안부 물으면 너도 힘들 테니 참았다가 가끔씩만 괴롭힐게."라면서 배려해주셨지만 어차피 혼자서 엄마 옆을 지키는 상황이라 가끔 걸려오는 전화는 반갑기도 했다. 친구분들도 엄마가 얼마나 답답하겠느냐고 걱정했고 돈을 보내시면서 성가 테이프라도 사서 틀어놓으라고 했다. 하지만 평소에도 노래 듣기에는 취미가 없던 엄마가 갑자기 그걸 들을 리 만무했다.

평소의 일상이 갑자기 사라진 그 시간을 엄마는 그저 가만히 누워서 채웠다. 지나간 삶에 대해서, 사람들에 대해서 생각하시는 듯했다. 호스피스 수녀님이 왔을 때 나누는 대화를 들으면서는 엄마가 고2 때 돌아가신 당신 외할머니를 비롯해 먼저 가신 분들 생각도 한다는 것을 알게 되었다.

심심하기 짝이 없어 보이는 엄마의 그 시간은 어쩌면 죽음 앞에서 거쳐야 할 통과의례인지도 몰랐다. 예전에 나는 시한부 선고를 받더라도 평소와 다름없이 살다 가겠다는 생각을 하곤 했다. 하지만 그건 비현실적인 생각이었다. 죽음이 코앞에서 기다린다는 것을 아는 순간 모든 것이 바뀌기 때문이다. 우선 내가 달라진다. 삶에서 중요했던 많은 것들이 더 이상 중요하지 않다. 남들이 나를 대하는 태도도 달라진다. 친구들과 전처럼 마음 편하게 웃고 떠들 수가 없다. 아마 나도 엄마가 그랬듯 혼자서 가만히 누워 죽음의 순간을 기다리게 되지 않을까.

"에어컨 안 켜는 집은 처음 봤어요."

~~~~~
~~~~~
~~~~~

호스피스 방문 수녀님이 요양보호사 재가 서비스 신청을 하라고 권유했다. 요양보호사가 와서 하루에 세 시간이라도 엄마를 맡아주면 옆에 붙어 있는 가족들 숨통이 조금이라도 트인다는 설명이었다.

절차는 생각보다 복잡했다. 직접 서류를 접수하러 가지 않고 인터넷을 통했는데도 그랬다. 가족이 신청하는 것 외에 의사도 전산으로 요양보호 서비스 필요성을 확인해줘야 한다고 했다. 진단을 받은 대학병원에 예약하고 의사를 만나려면 최소 며칠을 기다려야 할 판이라 어쩌나 싶었는데 다행히 꼭 대학병원 의사여야 하는 것은 아니었다. 엄마가 단골로 다니던 동네 병원에 가서 엄마 상태를 설명하고 전산 처리를 부탁했다.

며칠 만에 의료보험공단에서 엄마 상태를 심사하러 왔

다. 나이 많은 암 환자의 경우 상대적으로 쉽게 처리가 된다고 들었는데 정말 그랬다. 요양 급여 등급 판정이 나온 후 엄마의 성당 지인분이 요양보호사 파견 업체와 연결을 해주었고 얼마 지나지 않아 요양보호사가 평일 오후에 세 시간씩 오게 되었다.

요양보호사와 내가 서로에게 익숙해지는 과정은 쉽지 않았다. 요양보호사는 내가 자신을 제대로 존중하며 대우하지 않는다고 여겨 신경을 곤두세웠다. 첫날 내가 '아주머니'라고 부르자 정색을 하고 자신은 일하는 아줌마가 아니니 '선생님'이라고 부르라고 했다. (나는 엄마 친구들을 부르듯 '아주머니'라는 호칭을 사용한 것이었으므로 그 반응에 당황했다. '선생님'이라는 호칭은 평소 자주 사용해 익숙했지만 그 요양보호사에게는 왠지 붙이기가 어색했다. 시작이 어색했던 탓인지 결국 호칭을 생략하는 것으로 대화가 정착되었다.)

소매가 팔꿈치 아래까지 내려오는 블라우스를 입고 더워하는 모습이 안타까워 편하게 입고 오셔도 된다고 했더니 나이 어린 사람이 옷 입는 것까지 간섭한다고 언짢아하는 상황이 벌어지기도 했다. 알고 보니 요양보호사가 그때까지 했던 재가 서비스에서 보호자가 집에 있는 경우는 없었다고 했다. 혼자 움직일 수 있는 노인들을 대상으로 병원 오가는 일이나 시장 보는 일을 돕고 말벗이 되어주는 일을 했다는 것이다. 엄마는 요양보호사가 처음 만나게 된 중병 환자였던 셈이다. 보호자와 관계를 맺어야 하는 첫 상황이기도 하고 말이다.

나보다 언니를 더 편하게 생각했던 요양보호사는 언니에게 "에어컨 안 켜는 집은 처음 봤어요."라고 하소연을 했다고도 했다. 친정집은 한쪽이 산에 면해 있어 시원한 편이었다. 한여름의 일주일 정도만 더위를 견디면 그럭저럭 별문제가 없었다. 또 부모님 모두 에어컨 바람을 싫어하고 선풍기조차 잘 사용하지 않는 성향이었다. 엄마는 그 여름 내내 덥다는 소리 없이 이불을 꼭꼭 덮고 누워서 지냈다. 기력이 떨어지니 체온도 오르지 않는 모양이었다. 어떻든 더위에 고생하지 않는 것은 다행이었다. 나도 더위를 많이 타는 편은 아니었고 집에 머물러 있는 시간이 길다 보니 에어컨이 별로 필요 없었다.

하지만 해가 쨍쨍한 오후 시간에 오르막길을 거쳐 친정집으로 와야 하는 요양보호사는 도착한 뒤 한참 동안 선풍기를 쐬며 열을 식혀야 했고 엄마 팔다리를 마사지하면서도 땀을 뻘뻘 흘렸다.

또 한 가지 문제는 요양보호사가 독실한 개신교 신자였다는 점이었다. 엄마가 가톨릭 신자라고 알렸는데도 하나님의 말씀을 전하려는 노력은 계속되었다. 틈만 나면 성경 구절을 읽거나 교리 설명을 했다. 엄마는 제발 성경 좀 읽지 말라는 말을 여러 번 해야 했고 양쪽이 적절한 타협점을 찾기까지 한참 시간이 걸렸다.

나는 본래 신앙 전도에 알레르기 반응이 심한 편인데 엄마가 아픈 상황을 일종의 약점처럼 잡아 공략하니 한층 거부감이 높아질 수밖에 없었다. 예를 들어 그 집안 어른들은 하나님을 영접한 덕분에 큰 병을 앓지도 않고 멀쩡히 잘 지내다 고통 없이 세상을 떠났다고 설명하는 식이었다. 나는 반박하지 않고 그저 옛날이야기 듣듯 그렇구나 하고 끄덕이는 기술을 연마했다.

적응 과정이 어렵기는 했지만 결국은 요양보호사 신세를 많이 졌다. 요양보호사는 피부 각질이며 머리카락이 떨어진 침대 시트를 테이프로 꼼꼼히 청소해주었고 점점 가늘어지는 엄마 팔다리를 정성껏 마사지해주었다. 뼈만 남다시피 한 팔다리가 침대에 눌리면서 상처가 나기 쉬운데 그러지 않은 것은 요양보호사 덕분이었다. 내가 옥수수를 좋아한다는 말을 듣고는 옥수수도 쪄 오고 엄마가 드시도록 식혜를 만들어 오기도 했다.

평일에 하루 세 시간씩 자유 시간이 생긴 나는 그 틈에 나가 장을 보고 할 일을 처리했다. 친정집 근처까지 찾아와 주는 친구들 얼굴도 잠깐 볼 수 있게 되었다. 8월 말에 2학기 수업이 시작되고 내가 자리를 비울 수밖에 없게 되었을 때는 요양보호사가 다른 재가 서비스를 그만두고 엄마 곁을 지켜주었다. 언제 세상을 떠날지 모르는 환자 옆에 앉아 길게는 일고여덟 시간을 보내야 하는 하루가 결코 쉽지 않았을 텐데 요양보호사는 그래도 엄마가 가실 때까지 자신이 맡아주겠다고 자청했다. 어쩌면 그건 종교의 힘인지도 모르겠다는 생각이 들었다. 참으로 역설적이게도 요양보호사의 독실함이 마지막에는 나를 도왔던 것이다.

"너희는 휴가 안 가니?"

～～～
～～～

휴가철이 되었다. 어느 날 언니는 수화기 너머로 내게 물었다. "너희는 휴가 안 가니?"

순간 말문이 막혔다. 휴가라고? 휴가는커녕 친구들과 한 끼 식사 약속조차 못 하는, 집에도 한 주에 한 번 간신히 들러 빨래를 해 널고 급한 일만 대충 처리하고 두어 시간 만에 다시 친정으로 달려오고 있는 내 상황을 모르고 하는 말인가? 6월 초 종강 즈음부터 엄마를 전담해 친정살이를 시작한 지 두 달이 넘어가는 시점이었다.

나중에 알고 보니 언니네도 동생네도 모두 휴가를 다녀왔다. 엄마가 병으로 누운 것, 아마도 가을까지 못 버티리라는 것은 두 집의 일상에 별다른 영향을 미치지 않았다. 나는 그 사실을 받아들이기가 쉽지 않았다. 일단 이해가 가지 않았다. 엄마한테 어떻게 이렇게 무심할 수가 있담.

자식 중에 누가 아프다고 하면 엄마는 밤낮으로 그 생각을 떨치지 못했을 텐데.

엄마가 처음 말기 암 진단을 받고 진 빠지는 검사를 거친 후 일상 속에서 누군가의 도움을 받아야 하는 상태가 되었을 때, 집에서 자연사하기를 원한다고 분명히 밝히고 침대에서 일어나기조차 힘겨워졌을 때, 나는 세 자식이 어느 정도 일을 분담해 상황을 헤쳐나갈 수 있으리라 기대했다. 하지만 기대는 곧 깨졌다. 우선 분담이 어려운 종류의 일이라는 점이 드러났다. 친정집에 머물며 살림을 맡고 엄마의 식사를 준비하고 용변 해결이나 목욕 등을 돕는 일은 여러 명이 교대로 서로를 대체하며 해결될 수가 없었다.

식사를 챙기는 데는 사전 준비와 계획이 필요했다. 고기 국물을 미리 끓이고 식혜 기름을 걷어 마련해두어야 했고 물김치도 미리 담가 익혀두어야 끼니때 쓸 수 있었다. 게장은 냉장 상태로는 오래 보관이 안 되므로 필요한 만큼씩 시간 맞춰 냉동실에서 냉장실로 옮겨 해동해야 했다. 갑자기 한 끼를 뚝딱 만들어내기란 불가능했고 결국 모든 상황을 주관하는 한 사람이 필요했다.

용변이나 목욕 수발에도 경험의 축적이 필요했다. 엄마가 화장실을 오갈 수 있던 시기에는 뒤쪽에서 엄마를 안듯

이 부축해 함께 화장실로 가서 옷을 내리고 변기에 앉혀드
렸다. 침대 옆에 이동식 변기를 놓고 사용할 때는 엄마를
침대에서 일으키고 두 다리를 침대 아래로 내리도록 한 다
음 등과 무릎 뒤쪽을 받치고 천천히 옮겨 앉혔다. 목욕을
할 때는 휠체어에 옮겨 앉혀 화장실로 끌고 가 씻겼다. 돌
아오는 길에는 휠체어에서 떨어지는 물로 방바닥이 엉망이
되지 않도록 수건 등을 바닥에 깔아야 한다. 이런 일은 하
면 할수록 익숙해지는 종류였다. 번갈아 교대로 맡는다면
모두가 서투르게 되고 그럼 환자인 엄마는 늘 불편하게 될
것이었다.

　애초부터 분담이 어려운 종류의 일이었던 데 더해 분담
을 할 의지가 희박하다는 문제도 불거졌다. 아픈 환자를
돌보는 일에 뛰어들려면 기존의 일상은 포기해야 했다. 물
론 환자가 병원에 입원하는 경우, 그리고 간병인을 고용하
는 경우라면 나머지 식구들은 그럭저럭 일상이 유지될 수
있다. 환자인 엄마는 그 상황에서 기저귀를 차고 소변줄과
링거주사를 매달고 유동식 깡통으로 식사를 해결하면서
마지못해 버티게 되었을 것이고 말이다. 결국은 환자가 원
하는 삶의 질과 자식들이 유지하고 싶어 하는 삶의 질 사
이의 줄다리기 문제인 셈이었다.

간병인을 고용하는 일도 간단치는 않다. 시어머니가 한 달 동안 병원에 계셨을 때 초기에는 하루가 멀다 하고 간병인이 바뀌었다. 시어머니가 본래 작지 않은 체구인 데다가 부종으로 더 무거워진 상태였고 설상가상으로 내키는 대로 고함도 지르고 욕도 하는 성격이셨던 것이다. 다행히 나중에는 웬만한 스트레스에 끄떡하지 않는 낙천적인 간병인을 만나 끝까지 함께할 수 있었다.

시어머니의 여러 간병인을 보면서 나는 두 가지 교훈을 얻었다. 너무 많은 것을 기대하지 말라는 것, 그리고 가족이 매일 가봐야 한다는 것. 간병은 신체적, 정신적으로 모두 힘겨운 일이다. 매일같이 그 일을 하는 직업 간병인이라면 동료 간병인들과 수다도 떨고 음식도 나눠 먹을 시간이 필요하다. 하루 종일 환자 옆에만 붙어 있어야 한다는 생각은 곤란하다. 또한 가족들이 환자에게 신경을 쓰지 않으면 자연히 간병인도 정성을 덜 기울일 수밖에 없다. 매일 들여다보면서 환자 상태가 어떤지, 간병인의 애로는 없는지 살펴야 한다.

엄마처럼 집에서 마지막을 보내고 싶어 하는 분들이 많다고 하지만 이게 실현되려면 여러 조건이 맞아떨어져야 한다. 첫째는 환자 상태이다. 계속 의사의 도움이 필요하다면, 예를 들어 통증이 극심하다면 집에 있기는 어렵다. 두 번째는 보호자 상황이다. 아침에 출근했다가 저녁에 집에 돌아오는 직장인이 환자를 돌볼 수는 없는 노릇이다. 나는 강의 시간에만 학교에 있으면 되는 비정규직이고 방학 때는 온전히 시간을 낼 수 있었으니 그럭저럭 상황이 맞았다.

그리하여 결국 엄마를 돌보는 일은 내 차지가 되었다. 가족들은 점차 그걸 당연하게 생각하면서 각자의 일상을 영위했다. 나는 그 배려 없음이 섭섭했고 간혹 분통이 터졌다. 하지만 어쩔 수 없이 인정해야 했다. 엄마를 위한 희생과 자기 일상 사이의 균형점을 어디에서 잡는지는 각자의 선택이고 정답은 없다는 것을. 나는 자식들이 희생을 감수해야 한다고 생각했지만 그건 내 선택일 뿐 강요할 수 없는 일이었다.

그런 얘기도 들었다. "넌 아이가 없잖아. 돌봐야 할 아이가 없으니까 그렇게 할 수 있는 거야." 그렇구나, 자식이 부모를 생각하는 마음은 결코 제 자식을 생각하는 마음에 미치지 못하는구나. 하지만 그 얘기를 들은 후 나는 언니와 동생을 이해하기보다는 자식 안 낳기 정말 잘했다는 생각만 들었다. 그런 짝사랑이 또 어디 있을까. 힘들게 낳아 힘들여 키운 후 부모에게 별 관심도 보이지 않는 자식을 해바라기로 쳐다보는 짓이라니. 손익계산을 따진다면 절대로 못 할 일이 아닌가.

그러나 그 내리사랑이야말로 인류를 유지하는 힘, 다음 세대에게 관심과 에너지와 자원을 집중하는 방법인 모양이었다. 나는 그 흐름에서 비껴나 있는 사람이었고 온전한 이해는 불가능했다. 내게 자식이 있다면 과연 어떤 선택을 했을지 궁금했지만 그건 가정과 추측만으로는 결코 답을 얻을 수 없는 문제였다.

"기도해드리러 왔어요."

~~~

엄마의 성당 지인들이 몇 차례 문병을 와주었다. 엄마보다
열 살이나 스무 살쯤 어린 분들이었다. 엄마가 집을 지어
이사했을 때 성당 반상회 조직이 있었고 그때 몇 년간 함
께 모이던 동네분들이었다. 평생지기 친구보다는 덜 가까
운 사이고 나이 차도 나는 분들이라 막상 문병을 와서 어
색한 시간이 되지 않을까 약간 걱정스러웠다. 하지만 신자
들에게는 내가 미처 몰랐던 막강한 무기가 있었으니 그것
은 바로 기도였다. 모두 함께 기도문을 낭독하는 일은 환
자에 대한 위로인 동시에 스스로 평화를 얻는 길 같기도
했다.

안나라는 분은 거의 매일 찾아왔다. 대문 벨 소리에 "누
구세요?"라고 물으면 "기도해드리러 왔어요."라고 대답하시
곤 했다. 덕분에 병자를 위한 그 기도에 나도 익숙해졌다.

어서 빨리 나아 병석에서 일어나도록 해달라는 구절은 너무 구체적으로 방향을 잡아 요구하는 느낌이라 불편했지만 'OO의 영혼과 육체를 잘 아시고 필요한 축복을 주실 능력이 있는 주님, OO에게 필요한 축복을 내려주소서.'라는 구절, 그리고 '누워 있는 동안 주님과 더욱 많이 사귐을 가지도록 해주시고 건강할 때 주님께 충실하지 못하였다면 고요히 누워 있는 이 시간에 주님과 더욱 가까이에서 인생의 새 출발을 하는 계기가 되게 도와주소서.'라는 구절은 내 마음에도 와닿았다. '필요한 축복'이란 선택을 절대자에게 넘기는 것이어서, 또한 '누워 있는 시간이 새 출발의 계기가 된다'는 것은 투병의 의미를 새로 바라보도록 해주는 것이어서 좋았다.

엄마가 다니던 성당의 신부님과 신자들은 한 달에 한 번씩 찾아와주었다. 구역예배라는 명칭이었는데 성경 말씀도 읽고 기도도 드리는 등 미사를 축약해놓은 형태였다. 엄마는 그 시간을 기다렸고 내게 봉헌금을 꼭 준비하게 했다. 신부님이야 본업이니 그렇다 쳐도 함께 오는 구역장이며 신도들을 보면서 나는 대단하다는 생각을 했다. 우리 집 딱한 곳만 오는 것도 아닐 테니 한 달이면 며칠씩 그렇게 자기 시간과 노력을 내어 신도들의 집을 방문한다는 뜻이 아닌가. 나로서는 솔직히 상상조차 하기 어려운 일이었다.

엄마는 기도도, 구역예배도 고마워했다. "세상에는 참 고마운 사람들이 많구나. 나는 못 그랬는데."라고 말하기도 했다. 내게도 고마운 일이었다. 엄마한테 필요한 일을 다 챙긴다고 하지만 신자가 못 되는 탓에 기도만큼은 해드릴 수 없었으니 말이다. 하지만 성당분들 앞에서 난감한 처지가 되기도 했다. 어쩔 수 없이 "제가 냉담이어서요……."라고 말끝을 흐리고 기도에 참여하는 대신 부엌에 가서 마실 것을 준비했다.

엄마는 주일미사는 거의 빼먹지 않았지만 성당 공동체 활동은 하지 않았다. 60대 초반의 몇 년 동안 새로 이사한 곳에 적응도 할 겸 동네 성당 반상회에 참여한 것이 유일했다. 사실 그전까지는 공동체 활동을 할 만한 여유도 없었다. 아버지는 성당에서 혼배성사를 한 이후 성당에 간 적이 없었고 나랑 언니는 엄마를 따라 성당에 가다 말다를 반복했으며 남동생은 아예 발을 들이지 않았다. 그러니 엄마한테는 식구들 밥 챙기는 데 차질이 없도록 서둘러 미사를 보고 집에 돌아올 정도의 시간밖에 없었다.

그러나 특별한 활동은 하지 않았어도 돈 낼 일은 꼬박꼬박 챙겼다. 엄마가 오래 다녔던 성당 세 곳은 모두 본당 신축 과정을 거쳤고 그 비용의 상당 부분은 신자들이 부담해야 했다. 왜 이렇게 다들 크고 비싼 건물을 지으려 드는지 모르겠다고 하면서도 엄마는 늘 내달라고 하는 만큼 내는 신자였다. 그 정성은 결국 세상을 떠나는 과정에서 보답을 받는 듯했다.

곡기를 끊고 한 주쯤 지난 8월 중순의 구역예배 때는 가족 모두가 참석하라고 했다. 미사처럼 진행되다가 평소와는 다른 순서가 시작되었다. 신부님이 먼저 엄마 이마에 손을 얹고 기도한 후 참석한 이들 모두가 번갈아 엄마에게 다가가 이마에 손을 얹고 감사 인사며 하고 싶은 말을 하라고 했다. 곧 눈물바다가 되긴 했지만 머지않아 다가올 이별을 마음에 새기는 좋은 기회이기도 했다. 엄마에게 고마운 마음을 전하고 편안히 떠나기를 기원하는 말들을 차례로 듣고 있자니 나도 충분히 위로받는 듯했다.

장례미사도 위로가 되었다. 엄마의 장례미사 전까지 나는 장례미사에 가본 적도 별로 없었다. 20년쯤 전에 사고로 떠난 친구의 장례미사에 갔던 것이 처음이자 마지막이었는데 그때는 뒤쪽에 앉아 우느라 사실 제대로 보지도 못했다. 새벽 일찍 병원을 떠나 버스에 엄마 관을 넣고 엄마가 다니던 성당으로 갔다. 신부님 뒤로 관이 입장하고 그 다음에 가족들이 들어갔다. 가족은 제일 앞줄에 앉으라고 했다. 미사 중에 고별식이 있었고 가족들은 촛불을 손에 들고 관 주위에 둘러섰다. 신부는 관 주변을 돌면서 향로를 흔들고 기도를 했다. 가족들도 이별 인사를 했다.

장례미사 내내 나는 흐느껴 울었다. 엄마의 마지막 몇 달을 지키는 동안 이미 충분히 울었던 덕분인지 임종 순간이나 병원 장례식장에서는 거의 눈물이 나오지 않았는데 말이다. 미사 때의 눈물은 엄마와의 이별이 슬퍼서라기보다는 엄마가 모두의 따뜻한 배웅을 받으며 마침내 떠나가게 되었다는 안도감에서 나오는 것이었다. 계속 문상객을 맞이하고 할 일들을 처리하며 분주했던 장례식장에서는 느끼기 어려웠던 심정이었다.

엄마가 가시고 두 달쯤 되었을 때 호스피스 수녀님이 연락을 해왔다. 호스피스를 받다가 떠난 이들을 위한 미사가 있다고 했다. 늘 집으로 찾아와주었던 수녀님 쪽으로 처음 찾아가게 되었다. 수녀원에는 신부님이 계시지 않기 때문에 인근 본당에서 온 신부님이 미사를 집전했다. 크지 않은 방에 방석을 깔고 유족들이 둘러앉았다. 가운데에 천을 깔고 이것저것 장식을 해놓았는데 중간중간 이름표가 꽂혀 있었다.

아무렇지도 않게 수녀님과 인사를 하고 방으로 들어섰지만 엄마 이름을 보는 순간 울음이 터졌다. 그리고 미사 내내 눈물 콧물을 닦느라 부스럭대야 했다. 여러 사람이 모여 엄마를 기억해준다는 고마움과 함께 이제는 저 앞에 이름표로만 존재하게 된 엄마를 바라보는 슬픔이 북받쳤다.

이렇듯 엄마를 떠나보내는 과정에서 가톨릭은 내게 적지 않은 도움을 주었다. 이후 내가 주말마다 성당을 찾는 신자로 변모하지는 못했다. 엄마가 하늘나라로 올라가 평온한 영생을 누리게 되었다고 진심으로 믿을 만큼 순진하지 못한 탓이다. 다만 가톨릭이라는 종교가 사람을 떠나보내는 방법에 있어서 몹시 숙련되어 있다는 점은 인정하게 되었다.

"여기는 너무 추워."

≈

7월 말에 엄마는 2박 3일 동안 호스피스 병동에 입원했다. 췌장암 말기 진단을 받았을 때부터 호스피스 병동은 선택지 중 하나였다. 혹시라도 통증이 심해지면 다른 치료 없이 통증 관리만 받을 수 있는 곳이었기 때문이다. 물론 선택한다고 원할 때 마음대로 들어갈 수 있는 곳은 아니다. 병상 수가 얼마 안 되기 때문에 미리 신청하고 대기해야 한다. 4년 전, 시어머니가 가실 때도 신청을 했지만 돌아가신 이후에나 연락이 왔었다.

5월 초에 호스피스 완화 의료 외래 예약을 하고 의사를 만났다. 환자 본인이 아닌 환자 보호자가 의사를 만나러 가는 상황이 일반적인, 극히 드문 종류의 외래이다. 호스피스 치료가 필요하다는 의사 소견서를 제출하고 환자 상태를 설명하면 등록이 되고 대기자 명단에 올라간다. 대기하는 기간은 평균 3, 4주 정도라고 했다. 그리고 순서가 되었다는 연락을 받으면 일단 입원을 하러 오라고 했다. 기다리는 사람이 많으니 어차피 계속 입원해 있을 수는 없고 퇴원했다가 다시 들어가야 하지만 일단 입원했던 기록이 생기고 나면 정말 도움이 필요한 상황에서 금방 재입원이 가능하다는 것이다.

한 달쯤 후에 자리가 났다고 간호사가 전화를 해왔다. 엄마 상태가 어떠냐고 물었다. 식사를 제대로 못 했던 한 달 전에 비해 조금씩 먹기 시작하면서 엄마는 기운이 조금 난 상태였다. 통증이나 복수 문제가 없어 긴급조치는 필요하지 않은 상황이라고 대답했다. 간호사는 그렇다면 다음 환자에게 순서를 양보하면 어떻겠냐고, 그 환자는 호흡이 어려워 입원이 급하다고 설명했다. 한번 입원을 해야 다음 번 입원이 쉬워진다는 안내를 받았던 터라 망설여졌다. 곧 다시 연락하겠다고 알리고 일단 전화를 끊었다. 엄마한테 상황 설명을 했더니 망설임 없이 대답이 나왔다. "숨 못 쉬는 사람이 있다면 그 사람이 먼저 들어가야지." 그렇게 양보를 했고 이후에는 전화가 없었다.

호스피스 수녀님은 그 병원의 호스피스 병동은 워낙 대기자가 많으니 다른 곳에도 대기를 걸어두라고 권했다. 외래 진료 시간을 내 마음대로 선택할 수 없어 엄마 혼자 두고 다녀와야만 했다. 어쩔 수 없이 가슴을 졸이며 급하게 다녀왔고 그곳에도 엄마 이름을 올려놓았다.

통증이 없었으므로 호스피스 완화 병동 입원이 꼭 필요하지는 않았다. 하지만 7월 중순을 넘어서면서 계속 식사량이 줄고 체력이 떨어지자 가정간호사와 수녀님은 잠깐이라도 입원해 피검사를 하고 수혈 등의 조치가 필요하지는 않은지 확인하는 것이 좋겠다고 권했다. 가정간호사가 방문할 때 혈액 채취를 하기도 했지만 그것보다 더 정밀한 검사는 입원을 해야만 가능했다. 병원에 연락해 사정을 설명했고 이틀 만에 입원하라는 전화가 왔다.

호스피스 병동은 1인실이었다. 입원 후 엄마가 제일 먼저 한 말, 그리고 퇴원 때까지 반복한 말은 "여기는 너무 추워."였다. 에어컨을 틀지 않은 방 안에서도 이불을 꼭꼭 덮고 지내던 엄마에게 서늘한 병실은 너무 추웠던 것이다. 병원 이불에 더해 가져온 담요를 몇 겹으로 덮어드렸지만 별소용이 없었다.

침대도 문제였다. 좁아서 돌아눕기 어려웠고 높아서 이동식 변기로 옮겨드리기가 힘들었다. 설상가상으로 당연하다는 듯 침대에 깔려 있는 욕창 방지 매트는 엄마가 무척 싫어하는 물건이었다. 전기로 계속 공기를 순환시켜 부풀렸다가 가라앉았다 하면서 누운 자리가 배기지 않도록 하는 매트였는데 엄마는 무척 불편해했다. 집에서도 가정간호사 권유로 매트를 시도했다가 하루도 못 쓰고 장에 넣어버린 적이 있었다. 시끄럽기도 하고 계속 꿀렁거려 거슬린다고도 했다. 꼼짝 못 하고 누워 있는 환자라면 몰라도 엄마처럼 알아서 돌아눕고 자세를 바꾸는 환자에게는 맞지 않는 장치였다. 안 된다는 간호사에게 애걸하듯 부탁해 간신히 매트를 빼낼 수 있었다.

병원에서 나오는 식사는 거의 먹을 수 없었다. 틀니를 끼지 않은 상태라 씹지 못했을뿐더러 수란, 국수, 미음, 물김치, 간장게장 등 극히 한정된 음식만 소화시키는 엄마 상태에 맞는 종류가 아니었다. 우리 집이 병원 근처이기는 했지만 교대해줄 사람이 아무도 없어 수란이든 뭐든 만들어 나르지도 못했다.

검사 결과 특별한 처치가 필요 없다는 판정이 나왔고 바로 퇴원했다. 더 있다가는 얼어 죽거나 굶어 죽을 판이어서. 언니랑 동생은 왜 더 오래 입원하지 않고 퇴원하느냐고 아우성을 쳤다. 사정을 설명해도 소용없었다. 드디어 엄마를 병원에 집어넣고 간병인을 붙이면 되는 상황이 온 것이 반가운 모양이었다. 친정집에서 혼자 씨름하는 나를 배려해서가 아니라 간병에 손을 보태지 않으면서 느끼는 마음 한구석의 불편함을 덜고 싶은 듯했다. 이동식 변기를 포함해 엄마 짐이 적지 않았지만 입원 때도 퇴원 때도 도와주러 올 사람은 없었다.

호스피스 병동은 말기 암 환자들이 다들 가고 싶어 하는 곳이라고들 한다. 거기서 사흘을 보내본 내 소감은 그곳 역시 병원이라는 것이었다. 의사가 회진을 돌고 간호사가 몇 시간마다 혈압과 맥박을 체크했다. 일반 병동과 마찬가지로 환자 옆에 가족이나 간병인이나 누군가가 붙어 있어야 했다. 안내문에는 가능한 한 가족이 간병을 해달라는 부탁이 있었지만 간병인이 와 있는 경우도 적지 않은 듯했다. 일반 병동과 다른 점은 심리상담사와 수녀님이 찾아온다는 것, 자원봉사자들이 목욕 봉사와 점심 봉사를 해준다는 것이었다.

심리상담사와 수녀님은 엄마가 자고 있는 동안 오는 바람에 나하고만 대화를 나누었다. 하긴 환자를 돌보는 가족에게도 심리적인 지지는 필요한 법이다. 목욕 봉사는 신청했지만 일찍 퇴원하는 바람에 받지 못했다. 점심 식사는 오래 자리를 비우기 어려운 간병인들을 위해 제공되는 서비스였는데 누가 차려준 밥을 먹어본 기억이 아득했던 내게는 인상적인 배려였다.

엄마와 나는 호스피스 병동에서 특별한 도움을 받지 못했다. 이건 엄마라는 환자가 통증이 없었다는 점, 또한 엄마한테나 나한테나 병원보다는 집이 훨씬 편안한 장소라는 점 때문이었다. 통증이 심하거나 집에 머물지 못하는 경우라면 아마 호스피스 병동이 더없이 고마운 공간이 될 것이다.

"용서하지 않아도 괜찮아요."

~~~

남미 여행이 끝나고 돌아와 엄마가 췌장암 말기라는 진단을 받았을 때 나는 내 삶의 모든 일정을 최소화했다. 맡아 놓은 번역도 취소해야 할 것 같아 출판사에 연락을 했다. 어머니 간병을 해야 하고 이후 상황이 어떻게 될지 전혀 예측할 수 없으니 지금이라도 다른 번역자를 찾으시는 것이 좋겠다고. 출판사에서는 조금 늦어져도 괜찮으니 그냥 맡아달라고 했다. 여름방학이 시작된 후 외출도 만남도 없는 일상이 이어지면서 오히려 번역할 시간은 충분했고 기한 전에 일을 끝낼 수 있었다.

우연히도 그때 작업했던 책의 주제는 용서와 사과였다. 번역을 하고 있을 때는 본래 그 책의 내용을 계속 이모저모 생각하게 된다. 책이 마음에 들 때도 있고 아쉬움이 많을 때도 있지만 어떻든 번역하는 동안에는 저자의 주파수에 나를 맞춰야 하고 그러다 보니 번역하지 않는 시간에도 내 일상에 책의 내용을 자꾸 접목하는 것이다. 그런데 마침 용서와 사과는 그때 엄마와 내게 중요한 화두였다.

나는 번역을 하다가 때가 되면 엄마 식사나 화장실 수발을 들었다. 기회가 닿으면 엄마 머리맡에 앉아 한바탕 이야기꽃을 피우기도 했다. 그때 엄마가 가장 괴로워했던 것은 아버지를 용서할 수 없는 자기 마음이었다. 삶의 마지막 순간이 다가오면 모두를 다 용서하고 편안해져야 하는데 그렇지 못한 것이, 더더구나 가톨릭 신자로서 그렇게 하지 못한다는 것이 엄마를 속상하게 했다. 평생 무정하고 이기적인 남편이었던 것도 모자라 아버지는 엄마가 자기 허락을 받지 않고 집 살 땅을 사고 공사를 시작했다는 이유로 주먹까지 휘두른 적이 있었다. 엄마는 20년 전의 그 일을 잊지도, 용서하지도 못했다.

마침 번역하던 책에는 다 용서해야 한다는 주변의 요구나 스스로의 강박이 필요 없다는 주장이 나오고 있었다. 무조건 용서하라는 말은 피해자에게 또 다른 폭력이 될 수 있다고 했다. 100퍼센트 용서해야만 제대로 용서하는 것은 아니며 80퍼센트, 50퍼센트, 아니, 30퍼센트만 용서해도 괜찮다고 했다. 난 엄마한테 그 내용을 말해드렸다.

"엄마, 내가 책을 읽다 보니 모든 것을 완전히 용서해야 하는 것은 아니래요. 엄마가 용서할 수 있는 만큼만 용서하면 그걸로 충분해요. 마음이 안 내키면 용서하지 않아도 괜찮아요. 용서하지 못한다고 괜히 마음 아파할 필요는 없어요. 어차피 사과도 못 받았잖아요."

엄마는 아버지의 사과를 받고 싶어 했다. 하지만 속 시원한 사과의 말은 나오지 않았다. 어차피 사과의 말은 중요하지 않았을지 모른다. 미안하다는 한마디로 엄마 가슴의 응어리가 풀릴 것 같지는 않았다. 그래도 엄마는 사과의 말을 듣고 깨끗이 다 용서하는 신앙인의 모습이 되고 싶은 모양이었다. 신앙인이 아닌 나로서는 엄마가 10퍼센트만 용서해도, 아니면 아예 용서하지 않아도 괜찮았다. 결국 엄마가 어떤 결정을 내렸는지는 알 수 없었다. "그래, 그럼 10퍼센트만 용서할게."와 같은 대답은 나오지 않았으니까. 그저 그 책이 용서를 해야만 한다는 엄마의 강박을 조금이나마 누그러뜨렸기를 바랄 뿐이다.

엄마는 20년 가까이 이어진 내 번역 여정에서 유일한 고정 독자였다. 번역한 책이 출판되었을 때마다 늘 열심히 읽고 오류가 있을 경우 지적해주었다. 불어 용어의 음차 표기가 틀렸을 때 바로잡아준 것도 프랑스 유학생 출신인 엄마였다. 용서와 사과에 대한 그 책은 엄마가 돌아가신 후에 나왔으므로 읽어주실 수 없었지만 과정만은 함께했던 셈이었다.

꼭 용서하지 않아도 괜찮다는 말은 내게도 도움이 되었다. 엄마의 마지막 여름을 함께 보내면서 내 속에는 다른 가족에 대한 미움과 원망이 쌓여갔다. 엄마 간병이 분담하기 어려운 종류의 일이라는 점은 인정했지만 그렇다 해도 무심하기 짝이 없는 모습을 받아들이기가 쉽지 않았다. 방학이 시작되면서 언니는 서울에 거의 올라오지 않았다. 그 전까지 매주 올라와 며칠 동안 친정에 갇혀 지냈던 것에 지친 기색이 역력했다. 그러면서 언니한테는 언니 생활이 있다고 했다. 난 대꾸하지 않았지만 속으로 중얼거렸다. '나한테는 내 생활이 없다고 생각하는 거야? 난 아무 일정 없이 빈 날이 거의 없을 만큼 바쁘게 사는 사람이야. 지금 그 모든 걸 다 포기하고 있다고.'

남동생 가족은 한 주에 딱 한 번 와서 엄마 침대 옆에서 20분을 보내다 가곤 했다. 그나마 그 시간은 늦둥이 막내를 가운데 두고 하하 호호 웃고 즐기는 것으로 채워졌다. 엄마의 의식주에 대한 관심이나 참여는 없었다. 내게 위로

나 격려의 말을 해주는 사람은 가족 중에 아무도 없었다.

무더운 어느 오후 선배 언니의 메시지를 받았다.

"너 괜찮은지 궁금해서."

"울고 있어요."

"아니, 왜 울어?"

"엄마 때문에 슬퍼서, 또 가족들의 무관심에 분해서요."

"에구, 집집마다 다 우는구나." (선배와 나 모두와 친한 지인 집에 초상이 났을 때였다.)

늘 정곡을 찌르는 선배는 내게 이런 말을 해주었다. "엄마에 대한 너의 애정이 남들보다 과하다는 것을 인정해. 보통 자식들이라면 여든 먹은 어머니가 그저 살 만큼 사셨다고 생각할 거야. 나부터도 그렇고."

그렇구나. 엄마가 원하는 대로 마지막 투병 생활을 할 수 있도록 최선을 다해야 한다는 건, 그 과정에서 기존의 삶은 다 포기해야 한다는 건 내 방식이었다. 내가 생각하는 그 정답이 다른 가족들에게 역시 정답일 수는 없었다. 그런데 어느새 나는 내 선택을 모두가 도와주고 지지할 것이라 기대하고 있었던 것이다. 어차피 모두가 자기가 선택한 답안대로 살아가는 것이 세상사 아니었나. 그 이후로 나는 일체의 기대를 접었던 것 같다.

하지만 용서 또한 하지 않기로 했다. 용서할 일이 전혀 없다고 하기에는, 혹은 서로의 기준이 다르니 용서할 수밖에 없다고 하기에는 내 마음의 상처가 너무 컸다. 용서하지 않고 그대로 남겨두는 건 사람마다 서로 다른 방식으로 세상을 살아가는 법이라는 걸 내가 계속 기억하게 만들 방법이기도 했다.

"한복 위에 흰 가운을 입혀다오."

8월의 어느 더운 오후, 엄마가 불쑥 말했다. "삼층장 안에 새 가운이 하나 있을 거야. 흰색." 옷이 가득 차 있던 삼층 장을 한가한 시간에 이미 정리해두었으므로 나는 즉각 엄 마가 말하는 가운을 찾아 내밀 수 있었다. 면으로 된 긴 가운이었다. 중간중간에 접어 박은 부분이 장식으로 들어 가긴 했지만 소박했다.

"그래, 그거야. 먼저 한복을 입히고 한복 위에 그 가운을 입히면 돼."

갑자기 눈물이 쏟아졌다. 엄마는 수의를 고르는 중이었다.

"어떤 한복?"

"네가 적당한 걸로 골라."

나는 계속 눈물을 훔치며 옷장 선반에서 한복 상자들을 내려 하나씩 열어보았다. 부드러운 감으로 지은 분홍색 한

복이 제일 적당할 것 같았다. 그걸 들고 다시 엄마 침대로 갔다.

"이건 어때?"

"그래, 그거 괜찮겠다. 그걸 먼저 입히고 그다음에 가운이야. 알았지?"

그렇게 엄마와 내가 함께 수의를 결정했다. 엄마는 평소부터 입버릇처럼 수의 같은 건 할 필요가 없다고 했다. 윤달에 수의를 해두면 좋다는데 하고 내가 말을 꺼내기 무섭게 손사래를 쳤다. 그건 몸에 배어 있던 절약 본성 때문이기도 했고 엄마의 엄마, 즉 내 외할머니의 수의를 때맞춰 짓느라 법석을 떨었던 기억이 나쁘게 남은 탓이기도 했다.

엄마와 외할머니는 참 많은 면이 서로 달랐다. 외할머니는 60대까지 철 따라 집으로 양재사를 불러 옷을 지어 입는 분, 반신마비 상태에서도 미제 영양크림을 발라야 하는 분이었던 반면 엄마는 싸고 편한 옷을 주로 시장에서 사 입는 사람이었다. 뭐든 까다로웠던 외할머니는 수의도 처음 지었던 것을 마음에 들어 하지 않아 다음 윤년 윤달을 기다려 새로 짓게 했다고 들었다.

엄마는 한번 자기 것이 된 옷을 오래 입었다. 삼층장을 정리하면서 나는 어렸을 때부터 지금까지 내 기억에 남은 엄마 옷이 고스란히 보관되어 있는 광경에 기겁을 했다. 입은 모습을 단 한 번 본 적 없는 옷도 많았다. 입을 수 있는 옷을 버린다는 건 엄마의 투철한 절약 정신에 비춰 볼 때 있을 수 없는 일이었다.

잠시 후 다시 엄마가 입을 열었다. "저기 텔레비전 아래 사진 상자가 있어. 거기서 고르면 돼."

맙소사. 이번에는 영정 사진 얘기였다. 나는 눈물 콧물로 범벅이 된 채 상자에 들어 있는 사진들을 꺼내보았다. 엄마 동창 모임에서 찍은 사진이 대부분이었다. 간혹 독사진이 있긴 했지만 얼굴이 너무 작았다.

"이걸로는 어렵겠는데. 남미에서 찍은 사진은 어때?" 내가 물었다. 그리고 휴대전화에 저장되어 있는 사진 중에서 몇 장을 골라 보여드렸다. 빙하 앞에서 찍은 사진, 펭귄들이 배경으로 들어간 사진……. 엄마는 "그래, 괜찮네. 네가 하나 고르면 되겠네."라고 대답했다.

안 그래도 나는 영정 사진이 꼭 증명사진처럼 얼굴만 커다랗게 나올 필요는 없다고 생각하고 있었다. 어떻게 생긴 분이 돌아가신 것인지 이목구비 분명하게 알려야 할 이유가 무엇이람? 여행을 좋아했던 엄마한테는 여행지에서 찍은 사진이 가장 적당한 영정 사진이 아닐까.

하지만 결국은 엄마 영정 사진도 이목구비 분명한 증명 사진이 되었다. 가족들이 내가 고른 사진을 반대했던 것이다. 4년 전 사진관에서 가족사진을 찍을 때 엄마 독사진도 찍어두었다고 했다. 사진사가 기술과 능력을 동원해 손질을 가한 사진 속 엄마는 웃는 얼굴이 고왔지만 그래도 평소 모습보다는 인위적이었다.

엄마는 부의금 얘기도 했다. 안 받았으면 좋겠다고 했다. 난 별로 어려운 일도 아니라고 생각해 그러겠다고 했다. 하지만 생각보다는 어려운 일이었다. 이번에도 식구들이 반대했다. 아버지는 "왜 남들 하는 대로 그냥 하지 않고 별나게 굴려는 거냐."라며 못마땅해했다. 아버지와 자식 셋에 배우자들 셋까지 해서 모두 일곱 명이 관련되어 있었다. 그 많은 사람이 다 찬성하기란 처음부터 불가능했을지도 모른다.

부의금 사절이 쉽지 않아 보인다고 엄마한테 설명했다. 엄마도 그렇겠다고 하면서 물러섰다. 그래도 적어도 엄마 친구들한테는 안 받으면 좋겠다고 덧붙였다. "다들 돈도 없고. 팔십이나 먹은 친구들이 무슨 부의금을 낸다는 거냐." 금방 대답이 나오지 않았다. 문상객들 사이에서 친구분들만 골라내 부의금을 받지 않는 것이 어떻게 가능할지 알 수 없었다. 결국은 엄마가 원하는 대로 하지 못했다.

엄마는 그렇게 하나하나 다 결정을 해두었다. 어느 병원 장례식장이 좋을지, 화장한 재는 어디에 모셔야 하는지 등등. 나는 그날 참 많이 울면서도 엄마가 원하는 바를 말할 수 있어 다행이다 싶었다. 엄마의 마지막 길은 최대한 엄마가 원하는 대로 만들어드릴 수 있어서.

"마지막으로 커피나 한번 마셔보자."

엄마는 8월 8일에 좁쌀미음과 간장계장으로 마지막 식사를 했다. 그리고 9월 9일에 가실 때까지 한 달 동안 곡기를 끊은 채 버텼다. 물, 식혜, 야채주스 등을 몇 모금씩만 마실 수 있었다. 엄마는 점점 작아지고 가벼워졌다. 그 모습을 지켜보는 것은 고통스러웠다. 가정간호사는 엄마가 평소 무척 건강하신 분이었던 모양이라고, 먹지 못하는 상태에서 어떻게 이렇게 혈압과 맥박이 좋을 수가 있느냐고 놀라워했다. 나도 놀라웠다. 엄마는 지병이 없었지만 저혈압이고 체력이 약해 금방 피곤해하는 편이었다. 흔히 생각하는 건강 체질과는 거리가 멀었다.

　8월 중순이 되면서 엄마는 알아듣지 못할 소리를 하기 시작했다. 외할머니 장례 준비를 해야 한다고 했다. 2006년에 돌아가신 내 외할머니를 말하는지, 아니면 1956년에 돌아가신 엄마의 외할머니를 말하는지 알 수 없었다. 어떻든 엄마는 외할머니가 돌아가셨으니 어서 준비를 해야 한다고 반복해서 말했다. 나는 걱정 말라고 다들 잘 준비하고 있다고 대답했다.

엄마는 꿈 이야기도 했다. 집 마당을 팠더니 흰 뱀과 검은 뱀이 뒤엉켜 잔뜩 나왔다는 얘기. 무당이 돈을 내라고 했으니 침대 옆에 돈을 놓아두라는 얘기. "엄마, 얼마를 두면 돼?"라고 물었더니 "글쎄, 500원쯤 두면 될 거야."라는 대답이 나왔다.

그다음에는 밤낮이 바뀌었다. 초저녁에 자고 새벽같이 일어나는 것이 엄마의 평생 잠버릇이었는데 저녁 열 시쯤부터 새벽 여섯 시까지 깨어 있고 오전 오후 내내 주무시게 되었다. 나도 엄마처럼 밤낮을 바꿔 살 수는 없는 노릇이라 결국 밤잠을 제대로 자지 못하는 날들이 이어졌다. 환자용 침대 옆 바닥에서 선잠을 자다가 엄마가 소리를 내면 바로 일어나야 했다. 다른 일은 괜찮아도 세 시간에 한 번꼴로 이동식 변기에 앉혀드릴 때는 속으로 적잖이 겁이 났다. 기운 없는 엄마를 거의 안다시피 하여 옮겨야 했는데 자다 깬 탓에 나조차 정신이 몽롱한 상태에서 자칫하면 미끄러지거나 고꾸라질지 몰랐다. 고맙게도 그런 사고는 일어나지 않았다.

어느 날은 한밤중에 일어나 앉아 세수를 하고 옷을 갈아입혀달라고 하기도 했고 또 다른 날은 "죽기 전에 마지막으로 커피나 한번 마셔보자."라고 커피를 가져오라고 해 반모금을 겨우 넘긴 후 "아이고, 맛도 없다."라고 말하기도 했다. (엄마는 평생 커피를 즐겨 마셨다. 주로 블랙커피였고 가끔은 우유를 넣기도 했다.)

갓난아이가 태어나면 밤낮을 바꿔 사는 경우가 많다고 한다. 죽을 때는 다시 아이가 된다더니 엄마도 갓난아이 시절로 돌아간 듯했다. 예전에 주변에서 아이 키우는 얘기를 들어보면 잠 못 자는 게 제일 힘들다고들 했다. 나는 잠이 많고 한번 잠들면 주변에서 무슨 일이 일어나든 곯아떨어지는 편이라 밤중에 일어나 아이 돌보는 일이 얼마나 힘들지 상상하기조차 어려웠다.

아이를 안 낳아 피해갔던 그 일, 밤잠 못 자는 일을 엄마 덕분에 해보게 되었다. 처음에는 자정쯤, 혹은 새벽 한두 시쯤 부축해서 화장실에 가거나 이동식 변기에 앉히는 일을 한 번씩만 하면 되었다. 그래도 나는 과연 잠자던 중에 엄마 목소리를 듣고 일어날 수 있을까 자신이 없었다. 그럭저럭 해내면서도 가끔은 "엄마, 혹시 간밤에 불렀는데도 내가 못 듣고 자버리지는 않았어?"라고 확인을 해보기도 했다. 엄마는 "아니, 안 그랬어."라고 대답했지만 몇 번은 그랬을지도 모를 일이다. 하지만 엄마의 밤낮이 바뀐 후로는 두세 시간마다 일어나야 하는 상황에 돌입했다.

　나는 인터넷에서 임종 증상을 찾아 여러 번 읽었다. 병원에서는 의사가 거의 정확히 임종 시간을 예측해 알려준다고 하지만 엄마는 집에 계시니 그게 언제일지 알 수가 없었다. 마음의 준비가 필요했다. 갑자기 한밤중에 세수를 하고 옷을 갈아입은 날에도, 커피를 달라고 했던 날에도 마지막을 각오했지만 아니었다. 결과적으로 임종 증상 목록의 그 어느 것도 엄마한테는 들어맞지 않았다. 사람이 떠나는 그 수많은 상황에서 공통분모를 뽑아내기는 참으로 어려울 것이다.

　엄마는 촛불이 꺼지듯 떠났다. 육체적으로 정신적으로 서서히 조금씩 타들어간다는 것을 옆에서 분명히 느낄 수 있었다. 엄마가 가시기 얼마 전에 성 선생님 시아버님의 갑작스러운 부고가 왔다. 암 진단을 받고 막 치료를 시작하려는 와중에, 병원 침대에서 멀쩡하게 대화도 하다가 머리가 좀 아프다고 하더니 순식간에 떠나셨다고 했다. 문상을 갈 수는 없었지만 얼마나 황망한 마음일지 짐작이 갔다.

그러면서 생각했다. 촛불이 꺼지듯 가는 것과 느닷없이 순식간에 가는 것 중에서 무엇이 더 나을까. 내가 가는 입장이라면 순식간에 가는 것이 좋겠고 보내는 입장에서는 그래도 서서히 가는 것이 낫지 않을까 싶었다. 호스피스 수녀님도 그런 얘기를 했다. 엄마가 자식들 마음의 준비를 할 수 있도록 시간을 많이 주는 거라고. 엄마 자신은 도대체 왜 안 가는지 모르겠다고, 언제까지 기다려야 하는 거냐고 말하면서 몇 번이고 한탄을 했지만 말이다.

엄마가 떠나는 순간을 그저 기다려야 하는 상황이 엄청난 압박으로 다가올 수도 있지만 내게는 별로 그렇지 않았다. 개들을 키우고 보내면서 어느 정도 단련된 덕분이었다. 친정집 마당에서는 1996년부터 2016년까지 개들 여러 마리가 함께 살았다. 그 과정에서 떠나보내는 경험도 자연스레 여러 차례 하게 되었다.

2016년 봄, 가장 마지막으로 떠난 예쁜이는 친정집에서 태어나 17년을 우리와 함께 살다가 죽었는데 그 과정이 참으로 지켜보기 힘들었다. 예쁜이는 한배에서 난 일곱 마리나 되었던 새끼들 중에서 단연 외모가 출중하여 집에 남은 녀석이었는데 성격도 신중하고 침착했다. 어느 날부터인가 밥을 안 먹기 시작한 녀석은 물 한 모금 못 넘기게 된 후에도 한참 동안을 가만히 누워 지냈다. 뼈와 가죽밖에 안 남아 꼬리 흔들 힘까지 없어졌어도 까만 두 눈은 여전했다. 죽기 전날 밤에는 그래도 끙끙 우는 소리를 냈다고 했다. 살아 있었을 때와는 비교도 안 되게 작아진 녀석을 엄마랑 내가 마당 구석에 묻었다. 돌이켜 생각하면 예쁜이는 내게 참으로 필요했던 단련을 시켜준 셈이었다.

어떤 과정을 거쳐 어떻게 세상을 떠날지는 대부분의 경우 선택 사항이 아니다. 운명이 정해주는 대로 따라야 하는 인생의 마지막 과업이 그것인가 보다. 내게 예정된 죽음이 어떤 모습이든 나름의 장단점이 있을 테니 장점만 보리라 생각해본다.

"엄마, 잘 가. 엄마, 다시 만나."

～～～
～～～
～～～

여름방학이 끝나고 2학기가 시작되었다. 난 월화수목 계속 수업이 있었고 그 시간 동안은 요양보호사가 엄마 옆을 지켜주었다. 수업이 끝나면 부리나케 친정집으로 달려가 내가 교대했다. 솔직히 말해 엄마가 9월까지 계시리라고는 생각하지 못했다. 수업도 해야 하고 엄마 옆도 지켜야 하고 밤잠은 제대로 못 자고 나는 제정신이 아니었다.

9월의 첫 화요일, 학교에서 가정간호사의 전화를 받았다. 혈관에 링거를 꽂을 수가 없다고 했다. 안정적이었던 맥도 제대로 잡히지 않는다고 했다. 나는 더 이상 링거가 필요 없을 것 같다고 말씀드렸다. 하루의 방문 일정을 끝낸 늦은 저녁때 호스피스 수녀님이 와주셨다. 마지막이 온 것 같다고 했다. 수녀님이 가신 후 엄마는 검은빛 감도는 진한 녹색 물을 왈칵 토했다. 자칫 기도가 막힐까 싶어 입안을 거즈로 닦아냈다.

수요일과 목요일에는 종일 가쁜 호흡이 이어졌다. 하는 수 없이 수업을 하러 학교에 가면서 나는 혹시라도 내가 없는 동안 엄마가 가실까 봐 걱정이었다. 식구들 전화번호를 다 적어두고 요양보호사에게 위급한 상황이 오면 누구든 통화되는 사람을 부르라고 부탁했다. 그 주의 수업이 끝난 목요일 저녁에 요양보호사와 교대를 하고 나니 비로소 안심이 되었다. 일요일까지는 내가 붙어 있을 수 있으니까.

금요일에는 가빴던 호흡이 상대적으로 안정되었다. 편하게 호흡하시는 모습을 보니 한고비 넘겼다 싶었다. 목요일 밤에 엄마 숨소리를 듣느라 계속 자다 깨다 했던 바람에 금요일 밤에는 설핏 잠이 들어버렸다. 그러다 토요일 새벽 두 시 반쯤 번쩍 눈이 떠졌다. 급히 일어나 앉아 엄마를 살피니 웬일로 눈을 뜨고 계셨다. "엄마, 엄마!" 하고 부르니 눈을 스르르 감으신다. 마치 아무도 모르게 혼자 가실까 봐 걱정했다는 듯. 내가 일어났으니 이제 안심이라는 듯. 호흡은 가쁘지는 않지만 실낱처럼 약해져 있었다. 처음 보는 호흡이었다. 이게 마지막이구나 싶었다. 아버지를 방으로 불렀다.

그로부터 한 40분 동안 호흡이 조금씩 계속 느려졌다. 입에서 검녹색 물이 한 번 더 흘러나왔다. 세 시 좀 넘어 호흡이 완전히 멈췄다. 엄마는 조용조용 그렇게 가셨다. 다시 눈을 뜨지도 않고 말씀도 없었다. 심지가 다 타버려 기력이 모두 소진되었던 것이다.

나는 그동안 내내 엄마 얼굴을 쓰다듬으며 귀에 대고 말했다. "엄마, 고생 많았어. 엄마, 잘 가. 참 고마웠어. 엄마, 다시 만나." 그 순간에는 죽음을 향해 이어지던 고통스러운 여정이 마침내 끝났다는 것, 드디어 엄마가 편안해졌다는 것이 그저 고마웠다.

병원 장례식장에 전화를 걸었다. 교통편 등을 고려해 1순위로 원했던 곳에 다행히 자리가 있었다. 앰뷸런스가 왔다. 아저씨 한 분이 혼자 차를 몰고 오셨으므로 들것에 옮긴 엄마를 내가 마주 잡고 계단을 내려갔다. 병원으로 향하면서 나는 거짓말처럼 침착했다. 아저씨와 이런저런 얘기를 나누었다. 아저씨는 딸이 맞느냐고, 보통 딸들은 우느라 정신이 없는데 어떻게 그렇게 멀쩡하냐고 신기해했다.

엄마는 작정하고 날을 받기라도 하신 듯했다. 내가 마지막 하루 반을 온전히 지켜볼 수 있게끔 해주신 것은 물론이고 발인이 월요일인 덕분에 장례미사 치르는 데도 문제가 없었다. 주말 이틀 내내 문상이 가능했으니 조문객들도 부담이 적었다. 한 조문객이 전한 바로는 그 병원 장례식장이 금요일만 해도 꽉 차 있었다고, 금요일에 가신 인척분 장례식장 찾느라 한바탕 법석을 떨었다고 했는데 우리는 토요일 새벽에 바로 자리를 얻을 수 있었다.

엄마는 여든, 만으로는 78세에 떠났다. 요즘 기준으로는 이른 나이다. 엄마의 평생지기 동갑내기 친구들 중에서도 첫 번째 순서였다. 하지만 그걸 애석해하기보다는 함께 보낸 세월에 감사하기로 했다. 나는 엄마와 서른 살 차이 나는 딸로 태어나 50년을 함께했다. 1년 넘게 떨어져 지낸 적이 없었으니 온전히 50년이다. 모녀의 인연으로 맺어져 서로의 편이 되고 벗이 되어 50년을 지냈으니 이 얼마나 고마운 일인가.

2017. 02. 우수아이아 펭귄 섬 가는 배에서 바라본 바다

세 번째 여행

엄마가 남긴 일기를 읽으며
엄마의 삶과 만나다

"'엄마'라는 말처럼 나를 우울하게 만드는 것은 없다."

엄마의 엄마, 그러니까 내 외할머니는 엄마에게 크나큰 십자가였다. 1919년생인 외할머니는 1938년 스무 살 나이에 유일한 자식으로 엄마를 낳았고 2006년에 돌아가셨다. 모녀의 인연은 근 70년 동안 이어졌다.

어릴 때부터 내가 보고 겪은 외할머니는 보통의 외할머니 모습과는 달랐다. 나름의 방식으로 손주들을 사랑하긴 했지만 맛있는 음식을 만들어주지도(할머니는 자기 손으로 살림을 하지 않는 분이었다.) 상처 주는 말을 참지도 않았다. 딸인 엄마나 살림을 맡은 아주머니, 택시 운전사 등을 상대로 외할머니가 목청껏 소리치며 화내는 모습은 내게 퍽 익숙했다.

내 외할머니는 장사를 하는 최씨 부잣집에서 태어났다. 외할머니의 엄마(그러니까 엄마의 외할머니)인 김씨 할머니는 평양 출신이었는데 최씨의 첩이 되어 당시로는 아주 늦은 나이인 32세에 내 외할머니를 낳았다고 한다. 최씨 소생 아들들이 외할머니의 아버지뻘이 될 정도로 나이 차가 벌어진 막내딸이었다.

교육열이 높았던 김씨 할머니는 외할머니를 교동소학교에 입학시켰다. 우리나라 최초의 소학교인 그곳에서 외할머니는 왕실의 공주도 함께 공부했다고, 늘 경호하는 군인이 따라다니더라고 언젠가 내게 설명했다. 하지만 조선 왕실의 마지막 딸이 1912년생인 덕혜옹주이고 외할머니가 소학교에 입학한 1925년 즈음에는 이미 일본으로 떠난 후였다는 점을 고려하면(게다가 덕혜옹주는 일본계인 일출소학교에 다녔다고 한다.) 외할머니가 본 사람이 누구였든 공주까지는 아니었던 듯하다.

최씨는 외할머니가 어릴 때 돌아가셨다고 한다. 총명했던 외할머니는 경기고녀에 들어간 후에도 공부를 썩 잘한 모양이었고 오빠들이 다 그랬듯 자신도 동경으로 유학을 가서 의사가 되겠다는 꿈을 꾸었다. 하지만 오빠들은 '계집애'를 유학 보낼 생각이 없었다. 외할머니는 낙담했고 졸업반 때는 공부라고는 한 자도 안 하고 소설책만 읽어댔다고 한다. (일본어로 쭉 교육을 받았으니 아마 일본어 소설이 아니었을까 싶다.)

　부친상을 당했을 때 외할머니는 상속을 받기에 너무 어린 나이여서 맏오빠가 그 몫의 재산을 맡아두었다고 한다. 여고를 졸업한 후에도 맏오빠가 재산을 넘겨주지 않자 외할머니는 소송을 벌여 싸운 끝에 자기 몫을 찾았다. 그리고 그 돈으로 요정을 차렸다.

　요정은 여자들이 시중을 드는 고급 술집이다. 배울 만큼 배운 외할머니가 어째서 다른 무엇도 아닌 밤 문화 영업을 하게 된 것인지 나로서는 알 도리가 없다. 장사꾼 출신 아버지와 기생 출신 어머니에게서 대물림된 어떤 성향 때문이었을 수도, 아니면 여자가 어머니와 딸을 부양하며 벌어먹고 살 방편이 딱히 없었던 당시 상황 때문이었을 수도 있으리라. 외할머니 생전에 진작 물어보면 좋았을 텐데 하는 생각이 이제야 든다.

　요정 얘기는 우리 가족 안에서 암묵적으로 금지된 화제였다. 엄마가 쓴 글을 보기 전까지 나는 할머니가 그토록 오랫동안 자리를 바꿔가며 요정을 운영하셨다는 것조차 몰랐다. 심지어는 부산 피난 시절에도 영도에서 요정을 차렸다고 한다. 외동딸인 엄마는 외할머니가 요정의 유부남 손님 중 한 명과 인연이 닿아 낳은 자식이었다. 그 인연은 오래갈 수 없었고 결국 외할머니와 엄마는 서로에게 평생 유일한 가족이었다.

그런 태생은 엄마에게 평생의 한으로 남았다. 1995년, 그러니까 엄마가 손자를 둘이나 본 할머니이던 58세 때 쓴 글에도 '지금 이 나이에도 내 의식을 지배하는 어두운 상황은 떨쳐버릴 수가 없다. 첩의 딸, 기생의 딸, 사생아, 애비 없는 애. 이런 개념을 왜 나는 넘어서지 못할까?'라고 나올 정도이다. 처음에 엄마는 김씨 할머니의 사생으로 호적을 올렸는데 국민학교 2학년 때 선생님들이 호적을 보고 수군거리는 얘기를 우연히 듣고 죄인이 된 것 같은 마음이 들었다고 했다.

태생의 상처에 더해 외할머니의 유난한 성격도 엄마를 평생 괴롭혔다. 부잣집 막내딸로 키워진 탓인지 외할머니는 늘 자기중심적이었다. 조금이라도 마음에 들지 않는 일이 있으면 당장 벼락같이 고함을 질렀으며 늘 주변의 보살핌을 요구했다. 누구보다 멋쟁이였던 외할머니가 외출 준비를 하려면 한참 시간이 걸렸다. 가정부 아주머니의 도움을 받아가며 이 옷 저 옷 입었다 벗었다 하는 절차를 거쳐야 했고 화장에도 공을 들였다. (2000년 말, 뇌졸중으로 반신마비가 되어 6년 동안 자리보전을 하는 동안에도 미국산 특정 브랜드의 영양크림을 꼭 발라야 했을 정도였다. 엄마 부탁을 받고 출장길에 면세점에서 그 크림을 사던 나는 비싼 가격에 혀를 내둘렀다.)

그렇게 차려입고 나서서 택시를 타면 외할머니는 어김없이 기사에게 소리를 질렀다. 할머니 마음에 흡족하도록 교통 흐름이 원활한 적은 없었으니까. 그럼 기사도 가만히 있을 리 없었고 택시 안은 곧 전쟁터로 변했다. 외할머니는 욕도 잘했다. 어린 내 귀에 경이롭게 들릴 정도로 다채롭고 화려한 욕설이었다. 그렇게 화내고 싸우며 다니려면 에너지가 꽤 많은 사람이어야겠지만 외할머니의 에너지는 딱 거기까지였다. 아침 식사용 식빵 한 봉지도 들기 힘들어했다. 식빵 한 봉지를 사 들고 5분 정도 걸어 집에 도착한 할머니는 "무거워 죽을 뻔했다."라며 몇 십 분 동안 짜증을 냈다.

엄마가 어린 시절에 심부름으로 무언가 사 오면 외할머니는 늘 타박을 하며 바꿔 오라고 다시 보냈다고 한다. 숫기 없는 아이였던 엄마는 '딱 죽을 맛'이었다고 그 상황을 회상했다. 심부름은 엄마가 어른이 된 후에도 그치지 않았다. 일제 염색약, 미제 분과 입술연지, 외제 노인용 신발 등 외할머니가 필요로 하는 물건은 무엇이든 입만 열면 딸인 엄마가 구해 오는 것으로 되어 있었다. 고맙다는 인사는 물론 없었다. 대신 조금만 수틀리면 거친 말이 튀어나왔다. "나는 너 같은 딸을 낳은 적이 없어!", "병원에서 아이가 바뀐 모양이다.", "의절하자, 의절해!", "네가 나한테 해준 게 뭐가 있니?" 등등.

그래도 엄마는 자기 역할을 계속했다. 외할머니 때문에 마음 상한 가정부를 달래는 일도, 아프다는 말을 입에 달고 사는 외할머니를 이 병원 저 병원에 모시고 가는 일도 (의사들은 늘 아무 이상이 없다고 했다.), 절기 음식을 챙겨 먹어야만 하는 외할머니를 위해 민어며 송이버섯을 사들이고 요리하는 일도 엄마 몫이었다.

"동네 애들이 군고구마 대장이라 놀렸다."

~~~

엄마는 1938년 9월 27일에 태어났다. 출생지는 동대문 부인병원이었다고 한다. (이 병원은 이후 이대부속병원이 되었고 지금은 건물이 헐린 후 동대문성곽공원이 되어 있다. 나는 이대부속병원 시절에 그 앞을 버스 타고 자주 지나다녔는데 엄마가 바로 거기서 태어났다는 것은 기록을 보고서야 알았다.) 일곱 살 때 옥천정(서대문구 옥천동의 일제강점기 이름) 언덕 위의 집에 살면서 경성유치원에 다녔다.

독립문에 나가 전차를 타고 종로2가 낙원동까지 다녔는데 정동 로터리를 지나갈 때면 로터리 안 잔디밭에 일광욕 의자를 놓고 노랑머리 서양 사람들이 앉거나 누워 있는 신기한 풍경을 구경했다고 한다. 공습경보 사이렌이 울리면 (제2차 세계대전 중이었으므로 미군의 공습이었을 것이다.) 유치원 근처 아는 집에 가서 놀면서 경보 해제를 기다리곤 했다.

1945년 4월에 구두시험을 보고 죽첨소학교(죽첨정竹添町은 서대문구 충정로의 일제강점기 명칭으로 1880년대 당시 일본 공사의 성을 따서 붙였다고 한다.)에 입학해 일본인 선생님과 공부했고 8월에 해방되어 학교가 문을 닫자 집에서 외할머니 김씨에게 언문을 배웠다고 한다. 엄마의 엄마, 그러니까 내 외할머니는 1919년생으로 평생 일본어로 교육을 받았으니 아마 딸에게 언문을 가르칠 실력이 안 되었던 모양이다.

1945년 가을에 조계사 뒤쪽 견지동으로 이사하고 수송국민학교에 다니기 시작했다. 낯선 동네와 낯선 학교에 금방 적응하지 못한 엄마는 집에서 혼자 심심한 시간을 보냈고 언문으로 쓰인 글은 몽땅 읽어댔다고 한다. 신문이고 잡지고 물건을 싸 온 종이봉투의 글까지도 이해가 가든 안 가든 말이다. 엄마의 독서가 기질은 그때부터 싹이 텄던 모양이다. 군고구마를 좋아해 늘 사다 먹었고 동네 애들이 군고구마 대장이라 놀렸다는 기록도 있다. (정작 나는 엄마가 군고구마 먹는 모습을 별로 본 적이 없다. 식성이 변했던 것일까. 엄마는 고구마와 감자를 큰 냄비에 넣고 한꺼번에 쪄내곤 했는데 고구마만 골라 먹는 나와 달리 엄마는 감자를 더 많이 먹었던 것으로 기억한다.)

1950년 6월에 한국전쟁이 터졌고 6월 28일에는 엄마와 외할머니가 사는 집에 인민군 소대가 들이닥쳐 총부리를 가슴에 겨누고 위협하는 아찔한 상황도 겪었다고 한다. (외할머니의 요정에 드나들던 군 장성이 거기 숨어 있는 줄 알고 잡으러 온 것이었다.) 그해 12월 엄마와 외할머니는 트럭을 타고 부산으로 피난을 갔다. 좌천동, 보수동, 영도 등지에서 살았고 51년 여름에 경기여중 입학시험을 치르고 들어갔다. 당시 경기여중 역시 부산에 피난을 가 있었다고 한다.

나랑 둘이 부산에 여행을 갔을 때 엄마는 피난 초기에 신세를 졌다는 좌천동의 집을 찾고 싶어 했다. 언덕 위에 자리 잡은 아주 넓은 부잣집이었는데 방방마다 피난민 가족들이 들어차 있었고 엄마 또래의 딸아이도 있었다고 했다. 좌천동 삼거리 근처를 좀 돌아다녀보았지만 50년 이상 지난 탓에 비슷한 집을 찾을 수는 없었다.

엄마는 53년에 서울로 돌아왔고 54년에 경기여고에 입학했다. (나는 1984년, 집 근처 고등학교에 진학하면서 안도의 한숨을 내쉬었다. 만약 1974년에 서울의 고교 평준화가 이루어지지 않았다면 나도 경기여고 입학시험을 치러야 했을 것이고 낙방했다가는 나란히 경기여고 졸업생인 외할머니와 엄마에게 구박을 면치 못했을 것이었다.)

1956년에는 엄마의 외할머니인 김씨 할머니가 돌아가셨다. 엄마에게는 엄마 역할을 해준 분이었고 외할머니의 유난한 성격을 겪어내는 과정에서 엄마의 아군이 되어준 분이기도 했다. 엄마가 쓴 글을 보면 '할머니가 살아 계신 동안에는 할머니가 방패막이도 되어주었고 나를 이해해주기도 했다. 고등학교 2학년 말, 음력 정월 초하루, 일흔이 되면서 할머니가 돌아가셨다. 엄마의 구박과 독설에 견디다 못한 할머니는 1년에 몇 번씩 "내가 죽어야지!"라고 소동을 일으키곤 했다. 그 광경을 옆에서 보고 자란 나는 할머니가 몹시 불쌍했고 어서 내가 커서 할머니를 구해드려야지 하는 심경이었다.'라고 나온다. 그리고 자신을 애지중지 길러준 할머니한테 보답도 못 한 것이 가슴 아프다고 썼다.

　김씨 할머니는 어떤 분이었을까? 외할머니와 엄마가 여러모로 대조적이었던 것을 볼 때 김씨 할머니는 아마 엄마와 더 비슷했을지도 모르겠다. 엄마의 기록에는 김씨 할머니가 '배우지도 못했고 종교도 없었던 분', 평생의 지론이 '잘해주는 사람은 다 조심해야 된다. 이용해먹으려고 그러는 것이다.'였다고 나온다. 김씨 할머니가 젊은 시절에 어떤 삶을 살았는지는 엄마도 잘 몰랐던 듯하다. '잘해주는 사람을 조심하라'는 지론은 쓰라린 인생 경험에서 나왔을까. 기생이 되었다가 결국 최씨 부잣집 첩으로 들어간 것도 잘해준 누군가 때문이었던 걸까. 그저 궁금증만 남을 뿐이다.

여고생이던 엄마는 할머니의 죽음으로 크게 충격을 받았다. 오래 자리보전한 끝에 가셨다고 하니 갑작스러운 죽음은 아니었을 것이다. 하지만 엄마는 그 이후 인생이 무엇인지, 삶과 죽음이 무엇인지 심각하게 고민하게 되었다고 한다. 엄마는 또 내 외할머니가 그 죽음을 '애통해하는 척하는 것'이 아주 못마땅했다. '살았을 때 좀 잘해주지, 죽은 다음에 난리법석 떨 게 무어야.'라고 생각했다고 나온다.

김씨 할머니는 망우리에 묻혔다. 나는 기억나는 가장 어린 시절부터 한 해 한 번씩은 망우리에 가곤 했다. 엄마가 한복을 차려입은 외할머니와 자식들을 데리고 김씨 할머니에게 인사를 드리러 가는 길이었다. 도로 사정이 좋지 않아 그랬는지 먼 지방이라도 가는 듯 오래 걸리는 길이었고 외할머니와 택시 운전사의 말다툼이 예외 없이 이어지는 가운데 우리는 답답한 차 안에서 멀미에 시달렸다.

10여 년이 흘러 내가 운전면허를 딴 다음부터는 외할머니와 엄마를 차에 태우고 손쉽게 다녀오는 연중행사가 되었다. 왕릉이라도 되는 듯 넓은 자리를 차지했던 김씨 할머니 묘를 정리하고 유골을 화장하던 날도 내가 엄마를 모시고 갔다. 돌아가신 지 60여 년이 흐른 그날, 나는 뼈 몇 점과 손톱 몇 개로 김씨 할머니를 만났다. 처음이자 마지막 만남이었다.

1956년, 대학 입학시험을 치르게 되었을 때 엄마와 외할머니는 갈등을 겪었다고 한다. 엄마는 서울대 건축과를 가겠다고 했는데 외할머니가 "여자가 서울대는 무슨 서울대! 이대를 가야지."라고 막아 세웠던 것이다. 결국 외할머니 뜻을 꺾지 못해 엄마는 이화여대 영문과에 들어갔다. 대학 생활은 평범하게 흘러갔던 것 같다. 경기여고를 함께 졸업한 친구들 여럿이 함께 진학한 덕분에 새로 적응하는 어려움도 별로 없었다고 한다. 1961년에 대학을 졸업한 엄마는 덕성여고에서 영어 교사로 잠깐 일하다가 1962년에 프랑스 파리로 유학을 떠나게 되었다.

"'너 부러워하는 사람이 한둘이 아니'라는
친구의 엽서에 어이가 없었다."

~~~~

엄마는 1962년 6월 30일에 유학을 떠났다. 서울을 떠나 동
경에서 하루 자고 홍콩, 프놈펜, 뭄바이, 테헤란, 로마 등
에 착륙했다가 다시 이륙하는(승객들은 착륙지마다 내려서 대
기하다가 다시 올라탔다.) 완행 비행기였다고 한다. 목적지인
파리에 도착한 것은 7월 2일이었다. 영문학을 전공하고 영
어 교사도 하던 엄마가 어떻게 해서 프랑스에 비교문학을
공부하러 가게 되었는지 정확한 이유는 모르겠다. 파리에
서 지낸 기숙사가 수녀원에서 운영하는 곳이었던 것, 여러
신부님과 계속 연락하고 만났던 것, 방학 때면 이곳저곳의
수녀원 신세를 졌던 것을 보면 유학을 결정할 때부터 가톨
릭의 도움을 받았고 그 과정에서 행선지가 결정된 게 아닐
까 싶다.

　새벽에 기숙사 입구에 도착해보니 철문이 잠겨 있었다고

한다. 엄마는 시간이 좀 지나면 사람이 나오겠지 하는 생각에 트렁크를 바닥에 놓고 거기 앉아 기다렸다. 얼마 후 문이 열리고 밖으로 나온 수녀는 엄마를 발견하고는 배짱 한번 좋다고 놀랐단다. 그때 엄마 나이가 스물다섯. 비행기를 타고 해외로 나간 것이 난생처음이었음을 감안하면 어슴푸레한 시각에 낯선 이방의 거리에서 홀로 사람 나오기를 기다리는 일이 과연 쉽지는 않았을 것 같다.

엄마는 파리 생활을 유학이 아닌 '고학'이라 표현했다. 당시 외할머니의 경제 사정이 어렵기도 했고 해외로 돈을 보내고 받기가 쉽지 않은 시절이기도 하여 돈에 쪼들릴 수밖에 없었다. 유럽 대학이라 학비는 없었고 기숙사비는 식당의 식사 뒷정리를 하고 설거지하는 노동으로 충당했다. 그 일을 하기 위해 점심 저녁 식사 시간에는 늘 기숙사에 있어야 했던 것, 혹시라도 일이 생겨 빠지게 되면 양해를 구해야 하고 수녀들로부터 잔소리를 들어야 했던 것이 엄마한테는 적지 않은 스트레스였다.

방학이면 기숙사를 나가야 했다. 숙소를 구할 돈이 없었으므로 엄마는 신부님에게 부탁해 방을 내줄 수 있는 수녀원을 찾아 머물거나 재속 수녀 집에 신세를 지기도 하고 아이 봐주는 일을 하기도 하면서 주거를 해결했다.

1962년 8월, 유학을 시작한 지 한 달 만에 여름방학이 시작되었고 그때 엄마가 가게 된 곳은 스위스의 독일어권 지역에 소재한 수녀원이었다고 한다. 이곳에 대해서는 기록을 보기 전에도 어렸을 때부터 여러 번 얘기를 들었다. 그만큼 그때의 기억은 엄마한테 퍽 강렬하게 남아 있었다. 수녀원은 중세 모습 그대로여서 수도도 없고 벽난로를 때는 방식이었다. 봉쇄침묵 수녀원이었던 모양으로 수녀들은 모두 각자의 방에서 생활했고 엄마가 만나게 되는 사람은 원장 수녀와 엄마를 맡아 일상을 챙겨주는 수녀 한 사람뿐이었다. 아침에 일어나면 그 수녀가 세숫물을 떠다 주고 밥때가 되면 쟁반에 담긴 식사를 방에 가져다주는 식이었다고 한다.

　한 달 동안 낯선 이국 생활에 적응하고 학교를 다니면서 지쳐 있던 엄마는 그 수녀원에 들어간 첫 주에는 천국이 따로 없다는 생각이 들었다고 썼다. 주거와 식사가 모두 해결되고 조용하게 공부하거나 휴식할 수 있는 혼자만의 공간이 주어졌으니 말이다. 원장 수녀는 편지지와 봉투, 우표와 엽서를 챙겨줘 한국에 연락할 수 있도록 배려하고 용돈까지 줬다.

　하지만 곧 답답하고 외로워졌다. 말할 상대가 없었기 때문이다. 더욱이 독일어권 지역이라 독일어로 의사소통을 해야 했는데 고등학교에서 몇 년 독일어를 배운 것이 고작인 엄마 실력으로는 매일 보는 수녀와 일상적 대화를 나누기도 어려웠다.

엄마는 일주일 만에 결국 원장 수녀에게 프랑스어를 쓸 수 있는 곳으로 보내줄 수 없느냐고 부탁을 했다. 프랑스어 실력을 길러야 하는 입장이기도 했다. 서울에서 유학을 준비하며 했던 공부로는 터무니없이 부족했을 테고 방학 동안 최대한 프랑스어 의사소통 능력을 높여두어야 다음 학기를 무사히 보낼 수 있을 것이었다.

원장 수녀는 어딘가 전화를 걸더니 그날 당장 자기 오빠 집으로 엄마를 보내주었다. 부부와 자녀들이 함께 사는 집에 덜컥 들어가게 된 것이었다. 그 집에서 손님 접대를 받으며 방학을 지냈다. 이방인 객으로 함께 사는 것이 쉬운 일은 아니었던 것 같다. 토끼고기 요리가 식탁에 올랐는데 도저히 입에 댈 수 없어서 당황하기도 했고 심리적인 거리감을 느끼며 엄마 자신의 사교적이지 못한 성격을 탓하기도 했다.

파리로 돌아와 다음 학기를 지내면서 친구에게 '너 부러

워하는 사람이 한둘이 아니'라는 내용의 엽서를 받은 엄마
는 어이가 없었다고 일기장에 썼다. 친구들 입장에서는 부
러운 마음이 당연했을 것 같다. 지금도 파리 유학이라면
멋지다는 생각이 드는데 1960년대엔 오죽했을까. 어이가
없었다는 엄마 심정도 이해가 간다. 한국이라는 나라를 알
지도 못하는 사람들 틈에서 경제적으로 쪼들리며 낯선 환
경에 적응해야 하는 유학 생활은 참으로 고생스러웠을 것
이다.

엄마가 유학을 떠나기 전부터 친구들은 차례로 결혼을
했다. 엄마도 결혼할 생각이 아주 없지는 않았던 모양인데
아마도 가정 배경 때문에 혼담이 성사되지 않은 것 같다.
일기에는 '나를 누가 데려가려는 사람이라도 있어야 말이
지. 인생을 평범하게 살자고 그렇게 결심을 하고 애를 썼지
만 그렇게 안 되도록 신이 마련하신 모양이다.'라는 문장이
나온다.

결혼해 시집살이를 하거나 취직해 돈을 버는 친구들 입
장에서는 공부한다고 먼 나라로 떠난 엄마가 몹시 독특한
존재였다. '시어머니 버선을 깁다가 네 편지를 받고 반가웠
다'며 소식을 전한 친구도 있었고 '너무 뻐기지 말고 시집이
나 가라'고 직설적으로 써 보낸 친구도 있었다. 1963년 6월

13일, 친구 두 명의 결혼 청첩장이 한꺼번에 도착하자 엄마는 몹시도 허전한 심경이 되었다고, 아마 그것이 올드미스의 모습인 모양이라고 했다.

"엄마는 커서 뭘 하고 싶었어요?"

유학 시절의 엄마는 이후 무엇을 해 돈을 벌고 먹고살 수 있을지 걱정이 많았다. 엄마가 생각할 수 있는 일은 작가, 평론가, 번역가였던 것 같다.

엄마는 어릴 때부터 작가가 되고 싶었고 그 꿈이 20대에도 사라지지 않았다고 썼다. 내가 본 엄마는 늘 책을 읽는 모습이었지만 작가를 꿈꾸었는지는 미처 몰랐다. "내 살아온 얘기를 책으로 쓰면 몇 권은 나올 거야."라는 엄마의 혼잣말을 어린 시절 들었던 기억이 날 뿐이다. 생각해보니 엄마에게 "예전에 엄마는 커서 뭘 하고 싶다고 생각했어요?"라는 질문을 한 번도 던진 적이 없다. 나는 내가 커서 뭘 해야 할 것인지 생각하기만도 바빴으니까. 내 눈에 비친 엄마는 '엄마'라는 확실한 인생 역할을 이미 하고 있는 중이었으니까.

1965년 2월 1일의 엄마 일기에는 '글을 쓸 자료가 나에게 주어졌다. 내가 보아온 환경. 확실히 써야 할 소재이고 또 완전히 틀을 잡아서 쓸 수 있는 위치에서 나는 자랐다. 밤과 환락의 세계, 여자와 운명의 장난, 인생의 뒷골목.'이라고 나온다. 엄마는 자신을 괴롭혔던 어린 시절의 환경에 대해 쓰려고 했던 것이다.

가정방문 온 선생님이 "이런 환경에서 어떻게 공부를 하느냐."라고 놀라 자빠졌던 이유, '똑똑하고 얌전하고 나무랄 데 없는 애'라고 칭찬을 하다가도 어느 집 딸인지 알고 나면 늘 어른들이 혀를 차던 이유, 주불한국대사관 유학생 모임에서 장구 장단과 함께 등장한 판소리를 듣자마자 몸서리를 치며 그 자리를 빠져나올 수밖에 없었던 이유에 대해 과연 엄마가 글을 쓸 수 있었을지, 설사 쓰더라도 남들에게 내놓고 보여줄 수 있었을지는 의문이다. 내가 아는 엄마는 그 정도로 배짱이 두둑한 편이 못 되니.

어린 시절 얘기를 쓰고 싶었다는 엄마의 일기 구절은 나를 안심시켜주기도 한다. 엄마가 평생 치부로 생각했던 일을 내가 이렇게 털어놓아도 괜찮을까 하는 걱정이 덜어진다. "넌 별소리를 다 쓰는구나."라고 엄마가 살짝 눈을 흘기더라도 "어차피 엄마도 글로 쓰려 했던 얘기잖아."라고 씩

웃어넘길 수 있게 된 것이다.

평론가의 꿈은 대학 때 영문학을 공부하면서, 그리고 프랑스로 가서 비교문학을 전공하면서 구체화된 것으로 보인다. 하지만 '평론가가 되겠다는 건 결국 창작의 능력이 없다고 자백하고 뒷길로 들어서는 게 아닌가.'라는 자괴감이 있었던 데다 영어와 불어, 이탈리아어로 된 작품들까지 읽고 분석해야 하는 공부가 버거워지면서 점차 사라졌다.

나는 엄마가 유학하면서도 열심히 수업을 듣고 바쁘고 재미있게 살았을 것으로 상상했다. 내가 아는 엄마는 늘 그런 모습이었으니 말이다. 박물관이나 미술관에서 하는 대중 강연을 꾸준히 들으러 다니고 영화나 전시도 챙겨 감상하는 부지런한 할머니니 젊을 때는 오죽했을까. 그런데 뜻밖에도 일기 속의 엄마는 많이 외로워하고 자주 아팠으며 마음에 안 차는 사람들 때문에 속상해하고 공부에 전념하지 못하는 모습이었다. (물론 일기에는 기쁘고 즐거운 일보다는 힘들고 서러운 일이 더 많이 담긴다는 점을 고려해야 하겠지만.)

첫 번째로 의외였던 것은 엄마가 외할머니를 그리워하는 모습이었다. 외할머니 편지를 기다리기도 했고 혼자 계실 생각에 마음 아파하기도 했다. 내가 본 엄마의 모녀 관계, 늘 일방적인 요구와 감정 폭발로 점철되어 있었던 관계, 엄마가 몸서리를 칠 정도로 서로 맞지 않았던 관계가 아니었다. '서울에선 매일 일찍 일어나 커피를 끓여서 안방에 가져가 같이 마시며 재미있는 얘기도 많았는데.'라는 구절을 보면, 대학생이던 엄마가(여고생이 아침마다 커피를 마시지는 않았을 테니까.) 외할머니와 퍽 다정한 시간을 보냈기도 했던 모양이다. 엄마와 외할머니는 함께 있으면 자주 부딪치고 갈등을 겪지만 그럼에도 떨어져 있으면 견디지 못하는 그런 모녀 사이였던 것일까.

더 어릴 때에는 아침마다 김씨 할머니가 과일이며 차며 챙겨온 것을 잠자리에서 먹고 일어났다는, 서울에서 먹을 것 끊이지 않게 정말 호강하고 살았다는 이야기가 나온다. 엄마는 김씨 할머니와 같은 방을 썼다고 들었다. 김씨 할머니는 안 먹는 게 많은 까다로운 손녀를 위해 요정 부엌에서 먹을 만한 것을 늘 챙겨주셨던 것 같다. 그때의 습관이 평생을 간 것인지 엄마는 과도도 침대로 가져가서 과일 깎아 먹기를 즐겨 했다. (하지만 내가 자랄 때 침대에 먹을 것을 가져다주는 일은 전혀 없었다. 침대에서 먹는 것은 금기였다. 부스러기라도 떨어지면 치우기 힘들어서였을까?)

엄마가 공부에 전념하지 못한 것도 의외이다. 수업을 빼먹고 기숙사에서 빈둥거리기도 하고 유학 3년 차인 1965년에는 시험에 떨어졌다는 말도 나온다. 아마도 논문을 쓰기 위한 자격시험이 아니었을까 싶다. 엄마가 감당하기에 비교문학이라는 전공은 너무 버거웠으리라 추측해본다. 한국인 유학생이 둘 이상의 유럽어로 문학작품을 읽기란, 더나아가 분석하기란 무척이나 어려운 일이었을 테니. 초기에는 '좋은 선생들 밑에서 공부하니까 힘이 솟고 또 배우는 것이 많다.'라면서 기뻐하는 모습이 보이지만 나중에는 학위 받기를 포기한 듯 엄마는 그냥 한국으로 돌아갈 궁리를 했다.

또 한 가지 의외인 것은 한국 노래를 부르고 들으면서 위로받는 장면이 등장하는 것이었다. 내가 아는 엄마는 음정을 제대로 못 잡는 음치여서 웬만해서는 노래하는 일이 없는 사람이었다. 그런데 신부 집에 모인 한국 학생들이 모두 흥에 겨워 노래를 불렀다고, 그렇게 노래를 부르며 하루 저녁을 유쾌히 지내면 모든 우울함이 가시는 것 같다는 구절이 있고 혼자 외로울 때는 생각나는 한국 노래를 내내불러댔다는 기록도 있다. 어째서인지 어느 시점부터 엄마에게서 노래가 사라져버렸던 셈이다.

엄마가 생각했던 마지막 밥벌이 수단은 번역이었다. 1963년 2월 15일 일기를 보면 외할머니 편지 속 '여름에 더운데 책 번역하던 때'라는 구절을 보고 '지나간 날 마음의 울분과 세상을 잊기 위해 하루에 81매 원고지를 메우던 시절도 있었다. 온 세상을 다 집어던지고 책상 앞에 앉아 세상이 가고 오는 걸 모르며 열중했다.'라고 회상하는 내용이 나온다. 돈을 받고 한 일이 아니라 대학생 혹은 여고 선생님일 때 그저 작품 읽기를 겸해 연습 겸 번역을 했던 모양이다. 하루에 원고지 81매라니 엄청난 양이다. 먹고사는 방편 중 하나가 번역인 내가 하루 종일 매달려도 70매를 넘겨본 적은 없을 정도이니.

1964년 4월 18일 일기에 엄마는 '내가 할 수 있는 일은 무엇일까. 우리나라에 좋은 번역을 많이 해주고 싶다. 읽고 싶어도 책이 없어서 못 읽는 우리의 후배들에게 내가 먼저 배운 이로서 해야 할 의무이다.'라고 썼다. 하지만 엄마는 아내이자 엄마, 딸이자 며느리 역할을 하느라 바빴고 꿈꾸던 번역가의 길로는 끝내 가지 못했다.

운명의 섭리였는지 1998년에 통번역대학원을 졸업한 나는 책 번역을 시작했다. 엄마가 번역을 하고 싶어 했다는 걸 전혀 모르는 상태였는데, 더욱이 내 대학 입학 전공은 번역과 연결 짓기 어려운 가정학이었는데 결국 그렇게 되었다. 내가 번역한 책이 나오면 늘 즐거이 읽어주고 마감 일정에 쫓겨 쩔쩔맬 때는 내 책상으로 먹을 것을 챙겨 가져다주면서 엄마는 젊은 시절 번역가의 꿈을 한 번쯤 떠올렸을지도 모르겠다.

"이렇게 그리운데 꿈에도 안 나타나는지."

~~~~~

엄마는 1963년에 영국 런던으로 여행을 갔다가 그곳 유학생이던 아버지를 만났다. 이어 파리 유학생과 런던 유학생 사이의 장거리 연애가 시작되었다. 1963년 9월 30일 일기에는 아버지의 편지를 기다리며 "이렇게 그리운데 꿈에도 안 나타나는지."라는 구절이 등장한다.

일기를 읽던 나는 화들짝 놀랐다. 내가 철이 들던 시절부터 부모님은 늘 싸우는 모습뿐이었기 때문이다. 생각해보면 연애로 결혼한 만큼 좋았던 시절은 당연히 있었을 텐데 아예 상상을 해보지 못했다. 내 눈에 비친 아버지는 늘 버럭 소리를 지르며 하고 싶은 대로 행동하는 사람, 엄마는 화를 꾹꾹 눌러 참다가 가끔씩 폭발하는 사람이었다. 물론 엄마가 폭발해봤자 아버지는 꿈쩍도 하지 않았다.

젊은 처자인 엄마가 아버지의 편지를 애타게 기다리고

꿈에서라도 보았으면 간절히 바라는 모습을 보니 안타까웠다. 그야말로 타임머신이라도 타고 1960년대로 달려가서 스물여섯 살 엄마를 붙잡고 설득하고 싶은 기분이었다. "처자, 그 남자는 아니야. 결혼했다가는 평생 힘들 거야. 내가 다 알아. 정신 차리고 내 말을 들어야 해." 만약 그럴 수 있다면 상황이 바뀌었을까? 고집 센 처녀인 엄마는 아마 내 말을 듣지 않았을 것이다. "아줌마는 누구세요? 어디서 갑자기 나타나서는 말도 안 되는 소리를 하는 거예요?"라고 어이없어했으리라. 그리고 그냥 결혼을 강행했겠지.

엄마가 돌아가신 후 엄마와 파리 유학을 함께했던 친구분과 만나 점심을 먹은 적이 있다. 그때 나는 반농담조로 물었다. "아니, 그때 엄마 결혼을 왜 그냥 두고 보셨어요? 좀 말리지 그랬어요?" 그랬더니 엄마 친구분이 대답했다. "어떻게 말리니? 네 엄마 눈에 단단히 콩깍지가 씌었는데." 라고.

예전에 나는 엄마가 연애 경험이 별로 없어 아버지의 진면목을 보지 못하고 결혼해버린 것이라 생각했다. 하지만 일기를 보니 그렇지 않았다. 유학 전에도 만나본 남자들이 있고 파리에서도 엄마를 좋아하던 남자가 있었다. 엄마는 '소문이 무서워서, 혹시나 하는 그 결말이 무서워서 그 관계들을 아예 탁 잘라버렸다.'라고 썼다. 기꺼이 섶을 지고 불로 뛰어들 만큼 매력적인 사람들이 아니었던 모양이다. 어쩌면 아버지와 결혼을 결심하는 데는 장거리 연애가 톡톡히 기여하지 않았을까 싶다. 자주 만나지 못하고 편지만 오가다 보니 충분히 상대를 알지 못한 상태에서 연애 감정만 커진 것이 아니었을지.

1964년 1월 8일의 일기 구절을 봐도 그렇다. '한 사람과 너무 가까워지면 꼭 싫증을 느끼는 내 성미를 어떻게 하면 좋으냐. 친해져서 잘 알게 되면 정이 떨어진다. 너무 잘 알기 때문에 견딜 수 없도록 미워지는 것.'이라고 나온다. 엄마는 물리적 거리 때문에 결혼 전에 아버지를 충분히 알 수 없었다. 그러니 정이 떨어지거나 미워질 기회도 없었던 것이다.

결국 부모님은 1965년에 파리의 성당에서 한인 신부님이 집전하는 혼배미사를 치렀고 여름을 보낸 후 스웨덴에서 신혼살림을 시작했다. (석사를 끝낸 아버지가 스웨덴 대학에서 강의를 하게 된 것이다.) 엄마의 공부는 그것으로 끝이 났다.

2017년 여름, 병석의 엄마와 결혼 생활에 대해 이야기를 나눈 적이 있었다. 엄마는 결혼 전에 아버지가 자기를 속였다고 했다. 다정한 척하더니 막상 결혼 후에는 철저히 이기적이었다고. 신여성은 일을 해야 한다고 하며 엄마를 도서관 사서로 일하게 하면서 살림에는 전혀 손을 보태지 않았다고 한다. (이야기를 들으면서 나는 아버지가 속였다기보다는 엄마가 혼자 착각을 한 거라고 생각했다.)

그렇게 몇 달을 지내다 보니 도저히 이렇게는 못 살겠다는 생각이 들어 다시 파리로 돌아가려 했는데 뱃속에 언니가 자리를 잡고 말았다. 당시 스웨덴은 낙태가 자유로운 나라였고 산부인과 의사는 임신 진단을 내리면서부터 "낳을 건가요?"라고 물었다고 한다. 엄마는 가톨릭 신자답게 "네."라고 대답했고 그 한마디로 인생의 방향이 결정되었다.

외둥이로 자란 엄마는 언니 혼자 자라는 상황을 원치 않았고, 2년 후에 둘째인 나를 낳았다. 그리고 맏며느리로 아들을 낳아야 한다는 압박에 시달리다가 남동생까지 낳아 세 자식을 두었다. 아버지 없이 자란 어린 시절에 한이 많은 엄마였기에 자식을 둔 이상 이혼은 불가능한 선택이었다.

아버지가 꿈에서라도 나타나기를 바랐던 1963년 9월 30일 일기의 다음 구절은 이렇다. '완전히 다른 세계에 사는 사람들이 한 지붕 밑에서 산다는 게 불행의 시작이라는 걸 잘 알면서도 그를 원하는 내 마음을 억제할 수가 없다.' 마치 앞날을 예견한 것만 같은 문장이다. 아버지와 엄마는 다른 세계의 사람들이었다. 아버지는 유난히 권위적, 이기적이었고 엄마는 그런 모습을 그냥 받아들이고 참아 넘기지 못하는 예민한 부류였다. 그 대립되는 성향은 평생 변하지 않았고 충돌도 평생 이어졌다.

사실 어느 부부든 똑같은 세계에서 오는 일은 없다. 살면서 지속적으로 부딪치고 맞춰나가야 한다. 안타깝게도 내 부모님의 두 세계 사이 거리는 평균보다 훨씬 멀었던 것 같다.

아버지에 대해 이런저런 원망이 많은 엄마에게 나는 이렇게 말했다. "엄마, 결혼은 결국 다 운명이고 팔자인가 봐. 누가 엄마한테 꼭 아버지랑 결혼해야 한다고 강요한 사람 있었나요? 한 사람도 없었잖아. 엄마가 하고 싶다고 한 거야. 그러니 누구 탓을 하겠어요. 자기가 책임져야지. 그때 하필 그 사람을 만나고 꼭 그 사람이랑 결혼하겠다고 마음먹는 건 운명이라고밖에 할 수가 없어."

그건 어쩌면 내가 스스로에게 하는 말일 수도 있었다. 나 역시 열심히 연애하고 거센 반대를 무릅쓰고 결혼했지만 25년이 흐른 지금은 퍽이나 데면데면한 부부가 되어버렸다. 그 사람 없으면 못 산다고 하다가 나중에는 그 사람 때문에 못 살겠다고 하는 단계로 넘어가는 것 또한 인생에서 겪어야 하는 통과의례일지도 모르겠다.

"염치없는 사람을 보면 화가 난다."

~~~

1995년 11월, 58세이던 엄마는 자신에 대한 글을 쓰면서 노래와 운동, 사교에서는 바닥 수준이라고 했다. 노래와 운동 면에서는 그렇게 볼 수도 있을 것 같다. 엄마가 자청해서 노래를 부르는 일은 전혀 없었고 간혹 성당에서 다 함께 성가를 부를 때 엄마가 내는 소리는 음정이 맞지 않았으니까. 운동도 일부러 하러 가는 일은 없었다. 친구분들은 수영이니 테니스니 배우러 다니곤 했지만 엄마는 그럴 필요를 느끼지 않았다. 집에서 살림을 하고 자동차 대신 대중교통을 타고 다니는 것만으로 운동량은 충분하다고 했다.

규칙적으로 운동하는 사람에 비해 엄마는 어쩌면 더 건강했는지도 모른다. 50대 중반에 무릎에 물이 차 제대로 걷지 못하는 문제가 잠깐 있었지만 이게 해결된 이후로는 돌아가실 때까지 어깨고 무릎이고 허리고 아픈 일이 없었고 움직임이 자유로웠다. 여행을 좋아하고 자주 다닐 수 있었던 것도 장거리 걷기가 가능한 덕분이었다.

사교 면에서는 어떨까. 엄마는 1963년의 일기에서 자신이 '비사교적. 비현실적이고 오만하고 모가 난 뾰족한 성격'이라고, '다른 이와 섞이면 그 순간부터 불편과 부자유로 몸을 비비 꼬고 다음에는 다른 이를 비판하느라 자신과 다른 이를 다 괴롭게 만든다.'라고 썼다. 이런 생각이 지속되어 95년까지도 사교 면에서는 바닥이라는 자기분석이 나온 것 같다.

하지만 나는 엄마의 사교에 문제가 있다고는 생각해본 적이 없다. 수송국민학교, 경기여중고, 이화여대, 파리 유학 등 단계마다 친구들이 있었다. 동창 외에 새로운 사람을 사귀지 못한 것도 아니었다. 아버지 지인들의 부인들과도 잘 지냈고 친척들도 엄마를 의지해 연락을 해오곤 했다. 엄마가 투병 생활을 시작한 때부터 돌아가신 후까지 나는 엄마 친구분들에게 엄마 칭찬을 많이 들었다. 누가 어려운 일을 당하면 당장 뛰어가서 도와주는 사람이었다고, 늘 곁에서 챙겨주는 고마운 친구였다고.

물론 엄마가 모든 사람을 좋아했던 것은 아니다. 엄마는

'염치없는 사람'이 딱 질색이었다. 남의 불편은 아랑곳 않고 자기 좋을 대로 행동하는 것, 남을 배려하지 않고 자기 요구만 해대는 것을 몹시 싫어했다. 이런 걸 좋아하는 사람은 아마 세상에 없겠지만 엄마는 이런 모습을 감지하는 민감도가 상대적으로 높은 편이었다.

민감한 사람은 세상살이가 편치 않은 법이다. 엄마는 사람들에게서 염치없는 모습을 자주 보면서 화를 냈고, 그렇게 화내는 자신이 '모나고 뾰족하다'고 여겼다. 엄마는 그 이유를 '어린 시절의 책 읽기'에서 찾았다. 해방 직후 인쇄물이 귀하던 시대에 엄마는 글이라면 뭐든 다 읽어댔고 권선징악 일변도인 이야기에 익숙해진 끝에 결국 스스로를 괴롭히는 도덕관이 만들어진 것 같다고.

어떤 사람에게든 염치없는 면은 있게 마련이다. 그래서 젊은 시절의 엄마는 주변인들 때문에 괴로워하는 일이 많았다. '인간과 인간 사이에는 거리감이 절대로 필요한 것인데 고독에 못 견뎌서 거리를 단축시키면 그다음에는 추한 꼴을 보기 마련이다. 그러면 사람이 싫어지고 싫으면 두 번 다시 돌아보지 않게 된다.'라고 한탄하는 일기를 쓰기도 했다. 역설적이게도 엄마 삶에서 가장 가까이 존재하는 사람들인 내 외할머니와 아버지는 모두 엄마 기준으로 볼 때

(그리고 그 기준을 일부 물려받은 내가 보기에도) 염치없는 사람 부류였다. 이러니 엄마의 일상은 편안하기가 어려웠다.

나는 엄마가 자신의 장점에 대해서는 쓰지 않은 것이 안타까웠다. 왜 그랬을까? 장점을 몰랐을까? 자신의 장점이 무엇인지에 대해 아예 생각을 하지 않았을 수도 있다. 자기 장점보다는 단점을 먼저 생각하는 게 우리 대부분의 모습이니.

내가 생각하는 엄마의 가장 큰 장점은 성실함과 책임감이다. 남편과 자식 셋을 뒷바라지하는 것, 유난한 엄마의 외동딸이자 시댁의 맏며느리 노릇을 하는 것은 참 늘 분주하고 빛도 안 나는 일이다. 잘되고 있으면 당연하게 여겨지고 뭔가 문제가 생기면 지탄받게 되는. 엄마는 하기 싫다거나 짜증이 난다고 해서 할 일을 안 하는 법이 없는 사람이었다. 저녁 열 시 전에 잠자리에 들어 새벽 서너 시에 일어나는 아침형 인간으로 평생을 살았던 엄마는 고요한 새벽 시간에 아침밥을 짓고 도시락을 싸고 김치를 담갔다.

도시락은 최대 다섯 개까지 줄줄이 늘어서곤 했다. 아버지 것 하나, 자식들 중 고3 수험생 것 두 개, 나머지 자식 둘이 가져갈 것 두 개. 아침을 먹고 도시락을 들고 집을 나섰다가 오후 늦게 돌아가는 나는 미처 몰랐지만 낮 시간이면 엄마는 강의를 하러 갔다가 서둘러 돌아왔을 것이다. (엄마의 강사 생활은 쉰 살이 되기 직전에 끝났다.)

은행이나 동사무소 업무를 모두 직접 찾아가 해결해야하던 시절이었던 것까지 감안하면 엄마는 늘 바빴을 것이다. 그래도 엄마가 뭔가를 하나 크게 빠뜨리는 실수를 저질러 가족들이 낭패를 봤던 기억은 하나도 나지 않는다. 학교 친구들이 엄마가 늦잠 자서 안 깨워주는 바람에 지각했다거나, 엄마가 제때 교복을 빨아두지 않아 입던 걸 그냥 입고 왔다고 하는 말이 내 귀에는 신기하게 들렸다. 우리 엄마는 그런 빈틈이 없었으니 말이다. 아마도 엄마는 늘 모든 것을 치밀하게 미리 생각하고 계획하고 있었던 모양이다.

엄마는 매일 아침마다 외할머니한테 안부 전화를 걸었다. 할머니는 어디가 아프다든지, 뭐가 못마땅하다든지 하는 말을 주로 했을 테고 엄마 입장에서는 썩 즐거운 통화가 아니었겠지만 그래도 빼먹는 날이 없었다. 애증의 관계라고는 해도 유일한 자식으로서 최선을 다한다는 생각이었던 것 같다. 여든두 살의 외할머니에게 뇌졸중이 왔을 때도 평소처럼 안부 전화를 걸었던 엄마가 어눌해진 발음을 눈치챈 덕분에 바로 병원으로 모셔갈 수 있었다. 그럼에도 오른쪽 반신을 못 쓰게 된 외할머니는 7년 동안 누워 지내면서 엄마의 보살핌을 받았다. 간병인 아주머니가 계셨지만 식사 준비는 엄마가 맡아야 했다.

본래도 입맛이 까다로웠던 외할머니는 누워 지내는 생활의 낙이 먹는 일뿐이어서 그랬는지 먹고 싶은 것이 참 많았다. 아침에는 생채소 한 접시를 꼭 드셨는데 셀러리 부드러운 속대가 반드시 들어가야 했다. 셀러리 한 단을 사면 거기서 할머니가 먹는 양은 10분의 1 정도이고 나머지는 식구들이 처치했다. 외할머니를 위해 엄마는 갈비를 재고 회를 뜨고 민어며 자연송이를 사러 다녔다. 나 같으면 한두 해 정도는 "올여름 민어는 그냥 생략하세요!"라고 말했을 것 같은데 엄마는 그런 일이 없었다.

꾸미지 않는 자연스러움도 엄마의 장점이었다. 엄마는 화장도 안 하고 염색도 안 했다. 비싼 옷을 사는 모습도 보지 못했다. 외할머니가 몸치장에 워낙 유난한 사람이라 거기 질려서 아예 꾸미고 싶은 마음이 없어졌다고 엄마는 일기장에 적어놓았다. 하지만 내가 보기에 엄마는 애초에 그렇게 타고난 사람 같았다.

일찍 머리가 희게 세는 것이 외할머니 쪽 내력이라 엄마도 남보다 이른 나이에 반백이 되었지만 염색은 한 번도 한 적이 없다. 그래서 내 대학 논술 시험장 앞까지 같이 갔던 엄마를 본 친구들이 나중에 "너는 그날 할머니 모시고 왔었잖아."라고 말하기도 했다. 흰머리가 생기면 당연히 검게 물들여야 한다고 여기는 세상, 젊어 보이기 위해 최선을 다해 노력해야 하는 분위기에서 그냥 흰머리로 사는 건 꽤 용기가 필요한 일이었으리라.

어릴 때는 엄마가 다른 엄마들처럼 멋쟁이이기를 바라는 마음도 있었다. (물론 그 마음을 입 밖에 내지는 않았다.) 이제는 엄마가 꼭 남들 하듯이 따라갈 필요는 없다는 교훈을 몸으로 보여주셨다고 생각한다. 엄마는 꾸미지 않는 삶을 선택하는 과정조차 꾸밈없고 자연스러웠다.

"나를 이제껏 지탱해준 힘은
  그래도 종교였던 것 같다."

～～～
～～～

엄마는 천주교 교리를 2년이나 배우고 영세를 받았다고 한다. 결정적인 계기는 버스 사고로 죽음 문턱까지 밟게 된 일이었다. 이화여대에 다니던 1958년 가을날, 학교 가는 길에 탄 버스 브레이크가 신촌고개 위에서 파열되었고 무서운 속도로 내리막길을 달리던 버스가 다른 차들과 연쇄 충돌하고 간신히 멈춰 서는 사고가 난 것이다. 엄마는 그때 결심했다고 한다. 삶이 영원하지 않으니 어떻게든 의미를 찾아서 헛되이 보내지 말아야 한다고.

　엄마가 성당에 처음 가본 것은 여덟 살 때였다고 한다. 누군가의 손에 이끌려 명동성당에 갈 기회가 있었던 모양이다. 중3 때 가까운 친구들이 우르르 영세를 받게 되면서 엄마도 거기 끼고 싶었지만 외할머니(그러니까 김씨 할머니)가 반대해 안 되었다고 한다. 김씨 할머니는 종교가 별 의미

없는 것이라 생각했던 모양이다. 하긴 내 외할머니도 종교에는 시큰둥했다. 설사 김씨 할머니가 엄마의 영세를 허락했다 해도 내 외할머니가 반대했을지도 모른다.

1964년 일기에 '영세받은 지도 5년'이라고 나오는 걸 보니 엄마는 59년 혹은 60년에 영세를 받은 것 같다. 그날 엄마는 '무언가 죄를 짊어지고 순교자가 되려는 것 같은 무거운 감정에 짓눌려 영세의 기쁨은 하나도 없었다.'라고 썼다. 흰 포플린 치마저고리에 가벼운 코트를 걸친 차림으로 수표동의 집에서 명동성당까지 걸어갈 때는 걸음이 아주 가벼웠다고 한다. 마치 새색시가 친정 나들이라도 가는 듯. 영세받는 사람 30여 명이 줄지어 서자 신부가 라틴어로 무슨 말인지 중얼대며 그 앞을 분주히 왔다 갔다 하고 소금을 먹이기도 하고 초를 켰다 껐다 하기도 하고 야단이었다고 한다. 엄마는 너무 형식적이라는 느낌을 받으면서 기분이 좋지 않았다고 썼다.

나는 1978년에 영세를 받았다. 열한 살 때였다. 친구들이 하나둘 영세를 받아 미사 때 성체를 받아 모시는 걸 보면서 부러운 마음이 들어 따라 하게 된 일이었다. 그때는 더 이상 신부님이 라틴어를 쓰지 않았고 교리 공부도 별로 힘들지 않았다. 소금을 먹는 의식도 없었고 다만 이마에 성수를 몇 방울 뿌렸던 일이 생각난다. 미사보 위에 예쁜 꽃 장식을 올리고 선 기념사진 속 나는 종교에 대한 진지한 고민이 없는 철부지일 뿐이었다.

1997년 2월 4일에 쓴 글에서 엄마는 '현실도피가 아닌가 하는 회의도 들지만 나를 이제껏 지탱해준 힘은 그래도 종교였던 것 같다. 그 숱한 날의 어려움도 천주님께 의지하여 그럭저럭 넘어온 게 아닐까.'라고 했다. 외할머니와의 갈등, 아버지와의 불화 때문에 '그대로 주저앉아 엉엉 소리 내 울고 싶을 뿐'이라고 막막한 마음을 표현하기도 했다.

이때는 엄마가 지은 다가구주택이 96년에 완공되어 부모님과 미혼의 남동생, 결혼한 우리 부부, 외할머니까지 다 모여 살게 된 지 몇 개월이 지난 시점이었다. 오랫동안 익숙해진 아파트 생활에서 갑자기 새로운 동네로 옮겨 갔으니 다들 적응하는 데 시간이 걸렸다. 외할머니와 아버지는 불편과 불만을 속으로 삭이는 성격이 아니었고 모든 걸 그렇게 집을 지은 엄마 탓으로 몰아가기 일쑤였다. (결국 외할머니는 채 6개월도 못 살고 다시 아파트로 가셨다. 그리고 2000년 말에 뇌졸중 환자가 되어 엄마가 지은 집으로 돌아와 보살핌을 받다가 세상을 떠나셨다. 아버지는 자기 허락 없이 집을 지었다는 이유로 96년 이후 엄마가 돌아가실 때까지 생활비를 한 푼도 주지 않았다.)

그 하루하루가 엄마한테는 못 견디게 힘들었을 것이다. '드디어는 쓰러질 지경에 이르렀는데 어디고 하소연할 데가 없다.'라는 문장을 보니 마음이 아프다. 그날 난 뭘 하고 있었는지 모르겠다. 나름대로는 늘 엄마의 하소연을 들어주는 존재라 자부했는데 그렇지도 않았던 모양이다.

엄마는 영세받은 이후 평생 신자로 살았다. 하지만 흔히 생각하는 가톨릭 신자의 모습과는 다른 점이 많았다. 주일 미사만 참여할 뿐 다른 성당 활동은 하지 않았다. 자식들에게 유아세례를 주지도 않았다. 가족 중에서 혼자만 꾸준히 미사에 나가는 상황이었고 성당에 지인들도 두지 않았으니 엄마의 신앙생활은 온전히 신과 일대일로 만나는 모습이었다.

엄마가 남긴 기록 중에는 1995년 11월, 우리 부부에게 쓴 편지도 있었다. 써놓기만 하고 주시지 않은 편지를 나는 2017년에야 찾아 읽었다.

그 편지에서 엄마는 종교 얘기를 많이 했다. '인간이 불완전한 존재이고 늘 노력해야 된다는 겸허한 마음의 자세가 부부 생활의 큰 자산이 될 것이다. 이런 면에서 종교가 필요하겠고 종교를 안 가져도 될 만큼 수양이 잘 되어 있다면 매일매일 자기 마음을 다잡을 수 있어야겠지. 나는 그런 수양이 안 되어서인지 늘 천주님께 동무를 요청한다. 내가 천주교 신자라고 해서 꼭 천주교를 믿으라고 강요하는 것은 말도 안 된다고 생각한다.'라고 쓰신 부분을 보면 한 번도 말씀은 안 하셨어도 우리 부부가 종교 생활을 했으면 하고 바라셨던 것 같다. '온 가족이 함께 미사에 참여하고 돌아가는 모습은 내가 가장 부러워하는 모습이지만 그런 복은 나에게는 없다고 여길 따름이다.'라는 부분을 보면 더욱 그렇다.

나는 신앙이 없지만 그건 수양이 잘 되어 있는 사람이어서라기보다는 종교가 내 마음 수양에 별 도움이 안 된다고 여기기 때문이다. 유학 시절의 엄마는 좋은 신부님과 수녀님을 만날 기회가 있었고 잠시 수녀가 될 마음까지 먹었지만 기도만 외울 뿐 마음속에 사랑이 없는 성직자들을 보고 실망하는 일도 많았다.

나는 어릴 때, 고등학교와 대학에 다닐 때 잠깐씩 성당에 나간 시기가 있고 엄마를 모시고 몇 번 미사에 함께 간 적도 있었지만 감동을 주거나, 인생의 모범으로 삼고 싶은 성직자를 만나본 일이 없다. 그리하여 신앙을 평생의 길로 삼은 이들이 이런 모습밖에 보이지 못한다면 이건 그리 뾰족한 방법이 아니라는 생각을 갖게 되었다.

엄마 역시 오랜 신자 생활에서 회의가 없었을 리 없다. 우리 부부에게 쓰신 편지에는 '35년이나 신앙생활을 해오면서 회의도 많았고 버리고 싶은 때도 있었다. 왜 내가 굴레를 지고서 힘들어하나? 천주님은 멀리에서 서 있을 뿐 나를 위로해주지도 않았고 쳐다보기만 할 뿐이었다. 방황 끝에 얻은 내 결론은 한 가지, 즉 내가 원해서 택한 종교이니 내가 책임을 지고 좀 더 노력을 해보아야 한다는 것이었다. 천주교는 수입된 종교이니 그 의식이나 사상에서 우리와 맞지 않는 면도 많아서 우리의 전통과 맞는 종교도 많이 눈여겨보았다. 불교나 원불교를. 그러나 내가 택한 종교를 버리고 다른 믿음을 찾아서 떠날 수는 없었다. 모든 종교는 다 인간의 구원을 목표로 하는데 믿음을 여기저기로 방황하며 찾을 필요는 없다는 결론에 도달했다.'라고 나온다.

'굴레'. 그렇다. 엄마한테 종교는 일종의 굴레였던 것 같다. 삶의 고통과 괴로움을 벗어던지지 못하고 그저 안고 가도록 만든 굴레. 엄마를 지탱해준 종교가 동시에 굴레이기도 했다는 건 역설적이다. 생각해보면 뭐든 그런 것도 같다, 애착을 가진 물건이 나를 구속하고 사랑하는 사람이

나를 옥죄는 법이 아닌가. 엄마가 종교의 힘으로, 혹은 종교라는 굴레로 버틴 덕분에 나는 그럭저럭 정상 궤도에서 벗어나지 않는 삶을 부여받았다. 그 점에서는 나도 가톨릭에 빚을 진 셈이다.

"1979년에 처음으로 저축이라는 걸 했다."

≈≈≈

결혼으로 유학을 중단하고 유학생의 아내가 되어 딸 둘을 낳고 키우던 엄마는 1970년 2월 마지막 날에 한국으로 돌아왔다. 엄마는 잠시 시댁에서 살다가 일찍이 돌아가신 내 친할머니가 맏아들 몫으로 마련해놓은 용두동 집으로 들어갔다.

엄마의 시댁살이는 길지 않아도 꽤 힘들었던 모양이다. 투병 기간에 제대로 못 먹으면서 계속 체중이 줄어들 때 내가 "엄마는 언제 제일 말랐어? 지금이 역대 최저 아니야?"라고 농담처럼 묻자 "시댁에 살 때."라고 대답한 적이 있었다. 키 163센티미터인 엄마가 당시 45킬로그램도 안 나갔다고 한다. 네 살, 두 살인 두 딸들 챙기는 것만도 힘들었을 텐데 시댁은 아버지 손아래 시동생 네 명이 있는 집이었다. 할아버지부터 시작해 남자들이 다 다른 시가에 밥을 먹는 식이어서 엄마는 하루 종일 밥을 차려야 했다.

아버지는 대학에 자리를 약속받고 귀국했지만 70년 8월에야 발령을 받고 월급이 나오기 시작했다. 그전까지 엄마는 생활이 너무 힘들었다고 썼다. 쌀과 밑반찬은 시댁에서 대주었지만 두 아이 데리고 살려니 밑바닥 생활일 수밖에 없었다고. 버스값도 아끼고 외출도 생각해서 해야 할 정도였다고 한다.

엄마도 기회가 있을 때마다 돈벌이를 했다. 음악대학에 불어 강사로 나갔다. 음대생들은 노래를 부르기 위해 외국어 발음과 기초 문법을 알아야 했고 이를 위해 따로 불어 강좌가 개설되었던 것 같다. 당시 강사료는 시간당 500원이었고 금요일에 네 시간 강의를 해서 한 달에 8000원을 벌었다고 한다. 아버지 월급이 채 5만 원이 안 되었다고 하니 가계에 꽤 보탬이 되는 돈이었을 것이다. 동교동의 어느 사장 집에 가서 딸 셋에게 영어 가르치는 일을 할 때는 일주일에 세 번 가서 5만 원을 받았다니 과연 그때도 학교보다는 사교육 쪽 보수가 월등히 높았던 모양이다.

엄마는 1971년에 용두동 집을 팔고 여의도 시범아파트를 사서 이사를 갔다. (아파트 분양가가 431만 2560원이었는데 웃돈 15만 원을 줘서 446만 2560원을 치르고 샀다는 기록이 있다.) 시아버지의 거센 반대를 무릅쓴 결정이었다. 생각해서 마련해 준 멀쩡한 집을 팔고 닭장 같은 아파트로 간다는 건 우리 할아버지 입장에서 절대 납득이 가지 않는 일이었다. 나는 사실 용두동 집에 살던 시절이 전혀 생각나지 않아 잘 모르겠지만 화장실이며 난방이며 불편한 점이 많았다고 들었다. 해외에서 아파트 생활에 이미 익숙해진 부모님이었기에 주택이 더 불편하게 느껴졌는지도 모른다.

76년부터 79년까지는 중앙대에서 불어 강사를 했고 81년부터 85년까지는 새로 설립된 경찰대에서 불어를 가르쳤다. 엄마 없이 우리 삼 남매가 집을 지키고 있을 때 학생이라면서 남자 어른 두 명이 찾아온 적이 있었다. 케이크 상자를 들고 왔기에 어린 우리는 반색을 하고 받아들었는데 나중에 알고 보니 성적을 높여달라고 부탁하러 온 중앙대생들이었다. '이러저러하게 되었으니 선처를 바라옵니다.'라고 쓴 메모에 한자가 많아 신기해했던 기억이 난다.

내가 여고생일 때는 엄마가 경찰대 학생들 몇 명을 초대해 밥을 먹이기도 했다. 기숙사에 살면서 군대 생활과 다름없이 고된 일상을 보내는 학생들을 엄마는 늘 딱하게 생각했고 그래서 한번 밥을 해 먹이려 했던 것 같다. 나도 그 식탁에 함께 앉았다. 엄마의 바깥 모습을 모르는 내게는 선생님 대접을 받는 엄마가 신기했고 선생님의 엄마 모습을 보게 된 학생들은 또 그걸 신기해하는 시간이었다.

1979년에야 처음으로 저축을 할 수 있었다는 글을 읽고는 좀 놀랐다. 79년이면 내가 열두 살 때인데 그때까지 우리 집에 저축 한 푼 할 여유가 없었다고는 상상을 해보지 못했기 때문이다. 생각해보면 1974년에 또 다른 아파트를 사서 이사하면서 빌린 돈을 갚느라 빠듯했던 모양이다.

엄마는 식빵 살 돈도 아끼느라 밀가루를 사서 핫케이크며 크레이프를 만들어 아이들 아침으로 먹였다고 썼다. 요리를 좋아해서 만들어주시는 줄로만 알았는데 그게 아니었던 것이다. 어릴 때 생일이면 엄마가 직접 굽고 '생일 축하' 글씨까지 크림으로 짜서 서툴게 써준 케이크도, 엄마가 털실로 짜준 벙어리장갑이며 모자도 이제 와 보면 절약의 한 방편이었다.

우리 집은 늘 아끼고 또 아끼는 집이었다. 사람이 없는 방에 불을 켜놓는 일은 있을 수 없었다. 비닐봉지, 광고지 하나 그냥 버리지 않았다. 비닐봉지나 쇼핑백은 깨끗하게 접어 보관했다가 필요할 때 썼고(사실 다 쓰기는 불가능했지만 말이다.) 신문 사이에 끼어들어오는 광고지는 과일 깎을 때

밑받침으로 사용했다. 부모님이 영국에 가 계시고 할아버지 할머니가 대신 오셔서 함께 살았을 때 살림을 맡았던 도우미 아주머니가 비닐봉지 하나 안 버리는 집은 처음 봤다고 혀를 내두를 때에야 나는 우리 집이 유난한 부류라는 걸 깨달았다.

목욕물은 한 번 받으면 온 식구가 돌아가면서 들어가 씻었다. 수도 검침하러 온 아저씨는 아이가 셋인데 이렇게 수도료가 적게 나올 수가 없다고, 뭔가 문제가 있는 게 아니냐고 의아해했다. 나는 초등학교 고학년이 되면서 과일 깎는 일을 시작했는데 모두가 지켜보는 가운데 사과며 배 껍질을 깎으면서 혹시라도 정도 이상으로 두껍게 깎아냈다가는 잔소리를 들었다.

그렇게 자란 탓인지 나는 지금도 뭔가 버릴 때 한참 생각을 하곤 한다, 혹시라도 한 번 더 유용하게 쓸 방법이 없을까 하고. 일회용 플라스틱 용기도 최대한 재활용한다. 크리넥스 티슈는 쉽사리 뽑아 쓰게 되지 않는다. (어릴 때 그런 티슈는 집 거실에 손님용으로만 비치되는 거라고 생각했다. 식구들이 그걸 사용하는 일은 거의 없었다. 그래서인지 대학에 와서 친구들이 엎질러진 음료수를 닦는다고 휴대용 티슈를 아낌없이 뽑아 쓰는 모습이 내게는 충격이었다.) 그래봤자 난 엄마의 발끝에도 못

미치는 수준이다.

부모님은 열이면 아홉이 서로 맞지 않았지만 일상의 절약에서만큼은 일치하는 면이 있었다. 엄마의 절약 정신은 어디서 왔을까. 외할머니 밑에서 자랄 때는 딱히 물자를 절약해야 하는 상황은 아니었을 듯한데 유학 시절의 일기에 '죽으나 사나 돈은 잘 벌 자신이 없고 또 능력도 없으니까 신이 그런대로 편한 마음을 주었다. 소비에 대한 욕심을 안 내니까 무슨 물건이든지 내 손에 들어오면 닳아 없어질 때까지 남는다. 결국 절약과 검소의 미덕밖에는 없다.' 라고 나오는 걸 보면 타고났던 모양이다.

"드디어 떠났다.
마음속으로 그리던 나 혼자만의 여행을."

~~~~~
~~~~~
~~~~~

엄마는 1997년 9월 28일, 나이 예순에 혼자 프랑스 파리로 떠났다. 1962년 6월 30일 유학길에 오른 이후 35년 만에 다시 그곳으로 향한 것이다. 그 여행을 그토록 기다리고 계획하고 마음에 그렸다는 걸 나는 미처 몰랐다.

그 여행의 핵심은 '혼자'라는 데 있었다. 엄마는 아버지의 해외 체류나 여행에 동반할 일이 적지 않았으므로 비행기를 타고 떠나는 여행이 새삼스럽지는 않았을 것이다. 일본 동경, 폴란드 바르샤바, 영국 런던 등에 잠깐씩 살았고 붕괴 이전의 소련을 여행하기도 했다. (당시 소련에 있던 엄마와 통화를 하기 위해 나는 학교 우체국에 가서 국제 전화 발신을 요청하고 겨우 연결되었던 기억이 있다.)

함께 가는 사람이 아버지 혼자든, 아니면 자식까지 딸리든 문제는 그런 경우 엄마는 타지에서도 주부 역할을 담당하느라 분주할 수밖에 없다는 데 있었다. 결혼하고 가족을 이룬 이후 엄마는 식구들의 온갖 요구를 채워주면서 늘 얽매인 상태였고 1997년의 파리 여행은 드디어 '애들도 집도 다 뒤로하고 모든 것을 털어버리고' 떠난 결혼 후 첫 행보였다.

엄마는 혼자 조용히 보내는 시간이 꼭 필요한 유형이었던 것 같다. 그런 시간을 통해 에너지를 얻는 내향적인 사람이라고나 할까.

1977년에 엄마는 동경대학에서 연구년을 보내게 된 아버지와 함께 일본으로 갔다. 그때 막내인 다섯 살짜리 남동생만이라도 데려가고 싶었지만 정부에서 절대로 허락을 해주지 않았다고 한다. 자식을 데려가면 귀국하지 않고 해외에 눌러앉을 수 있다는 우려 때문에 가족 동반 해외 거주가 불가능했던 시절이었다. 엄마는 몹시 슬퍼하면서 하는 수 없이 세 자식을 두고 떠났지만 막상 동경에서는 꽤 즐거운 시간을 보냈다고 한다. 10년 넘게 이어진 엄마 노릇에서 잠시 해방되어 미술관도 다니고 공원도 산책할 수 있는 기회였으니 말이다. (그동안 외할머니한테 맡겨진 우리 삼 남매도 저녁 시간에 아무 제재 없이 드라마를 보는 등 나름의 자유를 누렸다.)

엄마의 1997년 여행에 대해 나는 내 입장에서만 기억을 하고 있었다. 한 달 예정으로 떠난 엄마는 보름 정도 만에 돌아왔다. 내게는 무척 반가운 일이었다. 당시 나는 엄마가 지은 다가구주택 2층에 남편과 함께 살고 있었고 고시를 끝낸 동생도 1층에 살았다.

엄마가 없는 친정집 살림은 내가 대충 해결해야 했는데 사실 썩 좋은 시기가 아니었다. 회사를 휴직하고 통번역대학원 학생이 되어 마지막 학기를 보내는 중이었기 때문이다. 몇 달 후에는 졸업 시험을 치러야 해서 몸과 마음이 바빴다. 어쩔 수 없이 수업과 스터디 같은 학교 일정을 압축적으로 해치우고 집으로 달려와 식구들 밥, 마당의 개들 밥을 챙기는 상황이었다. 그러다 갑자기 엄마가 돌아와 나를 해방시켜준 것이다.

그렇게 꿈꾸던 여행이 왜 서둘러 마무리되었을까? 그때의 일기는 1997년 9월 28일부터 10월 2일까지 남아 있다. 출발하는 시점의 엄마는 '나 혼자 쓰는 24시간'이 이어질 것이라는 기대에 차 있다. 싱가포르에서 1박을 하고 거기서 파리로 가는 직항 비행기를 타면서 예전의 완행 비행기를 떠올리고 난생처음 해외로 떠났던 과거의 자신이 '참으로 용감하고 겁도 없었다.'라고 회상하기도 한다. 싱가포르에서 밤 비행기를 탄 후에는 마침 옆자리가 비어 쪼그리고 누운 채 '이렇게 한가한 시간을 언제 얻어보겠냐'라며 좋아한다.

일기를 읽으면서 나는 파리에서 엄마가 유학 시절의 친한 선배 집에 머물렀다는 게 문제였다는 결론을 내렸다. 10월 2일에는 '겨우 이틀을 잤는데 벌써 방에 불만이 나오기 시작한다. 4주도 안 되는 동안 머물 예정이지만 불편함과 마음에 안 드는 면이 보이기 시작한다. 좁고 좀약 냄새가 진동하고 눈을 들어 보이는 것 모두가 마음을 불편하게 하고.'라고 썼다. 짧은 기간이니 따로 거처를 구할 것 없이 혼자 사는 선배 집에 머무는 것이 정도 나누고 비용도 절약할 방법이라고 판단한 모양인데 오산이었다.

선배가 종일 집에 있는 사람이었으므로 결국 엄마는 혼자 있는 시간을 확보하기 어렵게 된 것이다. 밖에서 친구들을 만나거나 옛 추억의 장소를 찾아다니고 난 뒤 선배 집에 돌아오면 다시 함께 식사를 하고 대화하는 것이 버거웠으리라.

며칠 지내본 다음 혼자 지낼 거처를 구하는 방법도 있었겠지만 그러기엔 선뜻 방을 내준 선배한테 미안했을 것이다. 그리하여 보름 동안 마음먹었던 일을 다 하고 식구들 핑계 대며 일찍 귀국하는 길을 택한 모양이다.

그때 일기를 읽어보면 엄마는 공항에서 택시를 타고 목적지까지 가는 법이 없다. 난생처음 가본 싱가포르에서도 시내로 들어가는 버스 편을 이것저것 알아보고 예약한 숙소와 최대한 가까운 곳에 서는 저렴한 버스를 골라 탔다. 하루 동안 싱가포르를 둘러본 다음에도 택시 대신 전날 연구해둔 버스 편으로 밤 비행기를 타러 갔다. 무거운 짐 가방에도 아랑곳없이 말이다. 그건 파리 공항에 내린 후에도 마찬가지였다.

'공항 안내소에서 지도를 얻고 버스 편을 물으니 에어프랑스 버스가 오를리로 간다는데 70프랑이란다. 너무 비싸서 그 옆에 가니 루아시 버스가 오페라 역까지 45프랑. 택시는 어떨까 물어보니 파리 교외까지 가야 하므로 650프랑이라고 한다. 예전에 시내버스가 다니던 생각이 나서 승강기를 타고 아래 출발층으로 내려가 둘러보았지만 버스가 없다. 다시 올라와 오페라행 버스표를 끊어서 나오니 막 떠나버린다.

기다렸다가 탔는데 시내가 꽉 막혀 한 시간 반이 걸렸다. 지하철역으로 들어가 오렌지 카드(패스)를 끊으려 하니 구

역따라 값이 다르다고 구역을 대라고 한다. 카르네carnet[*]
를 48프랑에 사고 피에르퀴리 역까지 갔다. 출구가 딱 하나
밖에 없는 역이라 올라와보니 찾아갈 엄두가 안 났다. 한
참 기다리다 택시가 와서 주소를 말하니 자기는 바빠서 못
간다며 그냥 짐을 끌고 걸어가란다. 툴툴거리며 10분쯤 걸
어 46번지를 찾았는데 출입문이 안 열린다. 마침 옆에 자
동차가 들어오기에 물어보니 잘 가르쳐준다. 편지함에서
이름을 확인하고 2층으로 올라가 벨을 누르니 언니가 깜짝
놀라면서 반긴다.'

35년 전에 용감했던 아가씨는 예순 나이에도 여전히 용
감하고 씩씩한 할머니의 모습이다. 세월이 흘렀어도 자신
은 별로 변한 것이 없다고 느끼면서 엄마는 예전의 자취를
찾아다녔다. 호호할머니가 된 은사님에게 전화를 걸어 "기
억하실지 모르겠는데 30년 전에 배웠던 한국 학생입니다."
라고 했더니 바로 "주스틴?"이라고 답이 나와 놀라기도 했
다. (주스틴은 엄마의 세례명인 유스티나를 불어식으로 발음한 이름
이다.)

유학 초에 융숭한 대접을 받았던 스위스 수녀원에 찾아

---

* 파리 지하철의 10회 승차권

가려는 계획은 실패로 돌아갔다. 아예 기차역이 사라져버린 상황이었고 늙은 역무원은 "아니, 어떻게 그 옛날 역명을 알고 있나요?"라고 오히려 되묻더라고.

1997년 10월에 파리에서 돌아온 엄마는 그해 12월에 나와 둘이 홍콩 여행을 갔다. (단둘이 가는 해외여행은 그것이 처음이자 마지막이 되었다.) 그 여행에서 나는 이제 엄마를 모시고 다녀야 하는 입장이 되었다는 걸 깨달았다. 식당 종업원들이 당연하다는 듯 내게 계산서를 내밀었고 자유 여행에서 매일의 행선지를 정하는 일도 자연스럽게 내 차지였기 때문이다. 2000년, 외할머니에게 뇌졸중이 찾아왔다. 엄마는 외할머니가 떠나신 2006년까지 다시 살림에 묶였다. 1997년의 파리행은 참으로 시의적절한 결정이었던 셈이다.

"예쁜이는 하늘나라로 갔다.
 이불을 덮어주고 올라오니 안도와 슬픔."

〜〜〜
〜〜〜
〜〜〜

마당에 살던 개 예쁜이가 죽은 2016년 4월 30일, 외출했다 돌아온 엄마는 예쁜이 위로 파리가 잔뜩 꼬여 있는 모습을 보았다. 파리를 쫓기 위해 얇은 이불을 찾아다 덮어주고 엄마는 집으로 올라왔다. 예쁜이를 옮겨 묻는 건 엄마 혼자 할 수 있는 일이 아니어서 다음날 내가 가서 함께 묻어주었다.

친정집 마당을 거쳐 간 개들은 많았다. 거기서 태어나 다른 집에 보내진 애들까지 다 합치면 스무 마리에 육박한다. 하지만 예쁜이처럼 죽음 과정의 고통을 생생하게 보여준 개는 달리 없었다. 먹지 못해 여위기 시작하던 늙은 진돗개 진주는 죽는 모습을 안 보이려는 듯 산으로 사라져버렸고(친정집 마당은 철망 담장 경계 밖이 바로 관악산이다.) 몸을 조금 떨기는 했어도 전날까지 멀쩡한 모습이던 초롱이는 하룻밤 사이에 죽었다.

언제까지나 팔팔할 것 같던 예쁜이는 어느 날부터인가 숨이 가빴다. 옥상으로 오르는 계단에서 숨을 헉헉거리게 된 것이 시작이었다. 4층까지 이어진 계단을 단박에 뛰어 오르던 모습이 갑자기 사라졌다. 그러다가 계단 앞에 서 있을 뿐 올라갈 엄두를 내지 못하는 날이 왔다.

어느새 몸이 많이 여윈 상태였다. 식구들을 보면 일어서서 꼬리 치며 환영하던 예쁜이는 누운 채 꼬리를 치게 되고 그다음에는 꼬리도 치지 못하고 쳐다만 보았다. 명이 다할 때까지 기다릴 뿐 할 수 있는 일은 없었다. 예쁜이한테도 우리한테도 쉽지 않은 시간이었다. 엄마는 '자연스럽게 가기가 이렇게 어렵구나. 엄마(내 외할머니) 갈 때 생각이 난다.'라고 썼다.

나는 예쁜이가 떠나는 과정을 보면서 외할머니를 떠올리지는 않았다. 2000년 말부터 누워 지내던 외할머니는 2006년 여름, 대상포진에 걸렸다. 붉은 반점은 가슴께에 몇 개 나타났고 심하게 번지지 않았다. 집 근처 병원에 하루인가 이틀 입원했지만 외할머니도 불편을 못 견뎠고 병원에서도 88세 노인 환자의 장기 입원을 바라지 않아 다시 집으로 모셔왔다.

늘 맛있는 것을 찾던 외할머니가 식사를 못 한 기간은 며칠에 불과했다. 마지막까지 중얼거리며 말할 기운도, 침대 옆에 서 있던 엄마 소맷자락을 손가락으로 잡아 뜯을 기운도 남아 있었는데 그러다 갑자기 거짓말처럼 눈을 감으셨다. 누워 지내는 삶이 이미 고통스러운 과정의 일부였다고 할 수도 있겠지만 외할머니 자신도, 우리들도 익숙해져 크게 스트레스를 받지 않았다는 점을 감안하면 외할머니가 떠나는 과정은 상대적으로 짧았고 고통도 적었다.

엄마는 개들이 죽을 때도, 외할머니가 가셨을 때도 눈물을 보이지 않았다. 사실 엄마가 유난스럽게 기쁨이나 슬픔을 표현하는 모습을 나는 본 적이 없다. 1997년 2월 4일에 쓴 글에 '모든 일에 빈틈없어야 하고 내 감정도 꾹꾹 눌러가면서 이성적으로만 처리해야 하는 나 자신이 싫어진다. 마음에 느끼는 대로 기쁨, 슬픔, 싫음 이런 걸 다 나타낼 수 있으면 오죽이나 좋을까.'라는 구절이 나오는 것을 보면 그건 타고난 것일 수도 있고 어린 시절부터 스스로 단련해온 것일 수도 있다.

나는 그런 면에서는 엄마와 정반대여서 박수 치며 웃어대거나 떠들어대기도 하고 훌쩍훌쩍 울기도 잘한다. 엄마는 그런 내 모습을 신기해했던 것 같다. 언젠가 병원에서 병실 바깥 복도가 웃고 떠드는 소리로 시끄러웠을 때 "이상원이 같은 사람이 또 있나 보다."라고 농담처럼 한마디 던진 걸 보면. 내가 마음껏 감정을 드러내는 사람이 된 건 아마도 엄마가 튼튼하게 쳐주신 삶의 울타리 덕분이었는지도.

외할머니가 돌아가신 후 한바탕 폭풍이 지나갈 때도 엄마는 꽤 침착했다. 아파트를 상속받기 위해 제적등본을 떼었을 때 할머니 소생으로 된 아들이 셋이나 나타났던 것이다. 엄마가 여덟 살 때 외할머니가 잠깐 결혼을 했다가 이혼한 적이 있다는데 상대방 할아버지가 각기 다른 생모에게서 얻은 아들 셋 출생신고를 외할머니 아래로 한꺼번에 해버렸던 것이다. 생전의 외할머니도, 엄마도 까맣게 모르고 있던 일이었다.

엄마는 갑자기 등장한 호적상의 세 외삼촌(즉 상속 권리자)을 찾아서 합의를 해야 했다. 첫째는 엄마 지인과 인척 관계인 덕분에 다행히 금세 연락이 닿았다. 미국에 살고 있었는데 부인이 일본에 다녀갈 일이 있다기에 엄마랑 내가 날짜 맞춰 일본에 가서 서류를 받았다.

둘째는 이미 사망했고 딸이 하나 있었는데 주민등록 말소 상태였다, 동사무소 직원 입에서 전혀 예상치 못했던

'말소'라는 단어가 나오는 순간 앞이 캄캄했다. 둘째의 부인이 재혼해 살고 있는 곳의 주소를 알아내 무작정 찾아갔더니 그 딸이 새아버지의 성을 받아 새로운 주민등록으로 살고 있었다. 말소된 주민등록을 다시 살려 합의 서류를 만들었다.

셋째는 미국 뉴욕에 있다는데 아무도 소재를 몰랐다. 이혼한 전 부인 집에 찾아갔지만 소식 끊어진 지 오래라 했고 미국 교포들 정보를 교환하는 웹사이트에 광고 글을 올려도 연락이 없었다. 그러던 어느 날 주재원 남편과 뉴욕에 살고 있는 친구가 안부 전화를 해왔다. 나는 혹시나 하는 생각에 한양에서 김서방 찾기나 다름없는 부탁을 했다. 친구 남편이 영사관과 교민회, 대학 동문회를 총가동하여 기적적으로 12일 만에 불법체류 중인 셋째를 찾을 수 있었다. 상속 신고 기한을 가까스로 맞출 수 있는 시점이었다.

외할머니는 그 잠깐의 결혼 생활을 아마 잊어버리고 살았을 것이다. 내가 한 번도 들어본 적 없는 일이니 말이다. 어쩌면 잊어버리고 싶었을지도 모른다. 하지만 죽음을 계기로 과거의 한 장이 다시 펼쳐진 셈이 되었다. 시어머니가 돌아가셨을 때도 그랬다. 나는 어머니가 사시던 집을, 그 냉장고와 옷장, 옛 사진들을 정리하면서 어머니가 어떤 세상에서 어떻게 사셨는지 엿볼 수 있었다.

엄마의 삶도 마찬가지였다. 나는 엄마의 일상, 엄마의 습관, 엄마의 친구들까지 다 안다고 생각했지만 엄마가 남긴 기록을 살펴보면서 낯선 모습을 많이 발견했다. 엄마는 살아 계실 때 그 기록을 굳이 내게 보여주려 하지 않았을 테고 나도 찾아 읽을 생각을 못 했을 것이다. 죽음은 떠난 사람을 새로이 발견하게끔 하는 계기가 되기도 한다.

"속이 안 좋아 내도록 화장실 들락거리다."

~~~
~~~
~~~

엄마의 일기를 보면서 내심 확인해보고 싶은 것이 있었다. 혹시라도 췌장암의 자각 증상이 있었던 것은 아닐지 궁금했다. 2017년 2월 18일 진단에서 췌장암은 간으로 이미 전이된 상태였다. 병이 하루아침에 진행되었을 리 없으니 2016년 하반기에는 뭔가 증상이 나타나지 않았을까?

　결론부터 말하자면 별다른 성과가 없었다. 내가 찾아낸 것은 소화가 잘 안 되어 속이 안 좋다는 얘기, 평소보다 기운이 없다는 얘기 정도였다.

2016년 7월 2일
서울교대 인문 강의 듣고 집에 오는데 너무 힘이 들어서
병인 듯 걱정될 지경.

2016년 10월 29일

속이 안 좋아 내도록 화장실 들락거리다. 영 꺼림칙한 기분.

2016년 12월 20일

영 속이 안 좋다. 집 안 정리하고 오후 네 시에 나가서 한 시간 산책하고.

2016년 12월 30일

쌀쌀한 날씨. 은행 일 보고 해물 사가지고 와서 손질하는 데 힘에 부친다. 이제 일은 못 할 듯.

2017년 1월 5일

밤새 복통으로 고생. 아침에 억지로 물과 떡 한 쪽 먹었다.

하지만 엄마는 특별하게 여기지는 않았던 것 같다. 과식해서 고생하는 일이나 속이 안 좋은 일은 젊었을 때부터 종종 있었기 때문이다. 엄마가 무언가를 기쁘게 많이 먹는 모습을 보이지 않은 것은 어쩌면 소화력이 약한 탓이었는지도 몰랐다.

엄마의 아침은 차와 빵 한 쪽, 과일 조금이면 되었다. 점심은 제일 중요한 끼니였지만 그래도 양이 많다고는 할 수 없었다. 한 주에 세 번 정도는 동창 모임을 비롯한 각종 약속으로 점심을 밖에서 먹었고 특별히 가리는 음식은 없었다. 저녁은 먹는 둥 마는 둥 거의 먹지 않았다. 젊은 시절부터 그랬다고 한다. 유학 시절의 친구들은 맥주에 감자칩 몇 개로 저녁을 대신하는 엄마를 보고 무척 신기해했다고.

말기 암 진단을 받은 후 엄마 친구분들은 "안 그래도 네 엄마가 모임에 나와서도 잘 못 먹고 계속 살이 빠지더라고. 우리가 걱정했어."라는 말을 해주셨다. 나도 매주 두 번 정도는 엄마랑 식탁에 마주 앉았지만 특별히 양이 줄었다고는 느끼지 못했다. 나 먹기에 바빠 눈치채지 못했을지도 모르지만. 엄마는 모든 것을 그저 늙는 탓으로 돌렸던 모양이다. 식사량이 줄어드는 것도, 기운이 없고 힘에 부치는 것도. 어쩌면 정말 그럴 수도 있었다.

남미 여행을 준비하며 황열병 예방주사를 맞으러 갔을 때 고혈압, 당뇨 등 일체의 성인병이 없는 80세 할머니인 엄마를 보고 의사가 감탄하고 놀라기는 했지만 엄마는 결코 강골 체질은 아니었다. 일단 평생 저혈압이었다. 어렸을 때는 비 내리는 날씨를 질색하며 외출이나 나들이 약속을 취소하는 엄마를 원망하곤 했는데 알고 보니 저혈압인 사람은 저기압 날씨에 기력이 떨어진다고 한다. 날씨가 흐리지 않아도 엄마는 한두 시간 집중적으로 일을 하고 나면 누워서 쉬면서 체력을 보충해야 하는 유형이었다.

또 비염이 있어 늘 코를 풀었고 감기에 자주 걸렸다. 춥다고 느끼면 바로 콧물이 나고 기침을 하면서 감기가 시작되곤 했다. 자연스럽게 감기약 복용할 일이 많았는데 60대 후반부터 빈맥 증상이 나타났다. 특정 약을 먹으면 심장이 못 견디게 두근거리는 증상이었다. 나중에 찾아보니 이 역시 저혈압에 동반되는 증세라고 한다.

조금 일찍 말기 암 자각 증상이 나타났다면 적극적인 치료를 시도할 기회가 있지 않았을까. 그러면 몇 해라도 더 사실 수 있지 않았을까 아쉬운 생각이 든다. 하지만 다른 한편으로는 만약 그랬다면 더 일찌감치 환자의 삶이 시작되었을 텐데 그게 엄마가 바라는 바였을까 의문이다.

수명은 하늘에 달린 것이니 내가 결정할 수 없는 문제이다. 하지만 나는 기왕 주어진 수명 중에서 일상의 생활인으로 보내는 삶이 가능한 한 길기를, 그리고 병원에서 환자로 사는 삶이 가능한 한 짧기를 소망한다. 아마 엄마도 같은 생각이었을 것이다. 이렇게 보면 완치될 수 없는 병에 대해서는 모르는 게 약일지도 모르겠다.

"출발일. 18:30 AA Dallas 行"

~~~

엄마가 음식을 먹지 못하게 되면서 내가 할 일이 크게 줄
어들었다. 대화할 수 있는 시간도 점점 적어졌다. 남는 시
간에 엄마의 책장과 옷장을 정리하기 시작했다. 책을 좋아
하는 엄마는 상당수를 동네 도서관에서 빌려 읽었지만 그
래도 독서회에서 공동으로 구매한 것을 비롯해 갖고 있는
책이 많았다. 나는 읽고 싶은 책을 골라내 읽었고 기증할
수 있는 책과 버릴 책을 구분해 묶었다. 몇 십 년 전 입었
던 것까지 그대로 보관된 옷가지들도 물려 입을 수 있는 종
류와 버려야 할 종류를 구분해 정리했다.

  그러던 중에 책장에서 엄마가 쓴 글 뭉치를 발견했다. 유
학 시절의 일기부터 시작해 매일의 지출과 일정을 간략히
적은 가계부, 엄마가 받은 카드며 편지였다. 가계부 쓰는
건 알았지만 매일매일 누구를 만났는지, 어떤 일이 있었는

지, 뭘 먹었는지 기록한다는 건 그때 처음 알았다.

유학하던 60년대, 그리고 아버지와의 불화가 극에 달했던 90년대에는 서너 장에 달하는 긴 글을 쓰기도 했지만 대부분은 하루를 몇 줄로 요약하는 짧은 일기였다. 뭉텅이로 빠진 시기가 있는 것을 보면 그게 엄마가 쓴 기록의 전부는 아닐지도 모른다. 어떻든 나는 있는 기록들을 연도별로 정리해 상자에 담았다. 라면 박스 하나가 가득 찰 정도의 분량이었다.

내가 찾은 엄마의 기록은 1962년에 시작된다. 스물다섯 살의 엄마가 유학을 떠났던 해이다. 아마 그전부터도 일기를 썼을 테지만 서울에 남겨두었을 기록은 외할머니가 여러 차례 이사하는 와중에 사라진 모양이다.

혹시나 싶어 내가 태어난 날을 찾아보니 '오후에 진통이 시작되어 병원에 갔고 딸 낳음'이라고 한 줄 쓰여 있다. 진통하는 와중에 병원으로 일기장을 챙겨 갔을 리는 없으니 나중에 집에 돌아가 쓰신 것 같다.

엄마는 1963년 4월 11일에 하는 일이라고는 하나도 없고 일기 쓰는 것조차 귀찮아 미룬다고 하면서 나중에 다시 들여다보지도 않을 글을 뭐 하러 쓰는지 모르겠다고 썼다. 부활절 방학을 맞아 '파리에서의 고된 생활'을 벗어나 루르

드 성지에 순례 여행을 가 있을 때였다.

스스로 예견했듯 엄마가 과거에 썼던 글을 다시 들여다보는 일은 아마 없었을 것 같다. 그러기엔 엄마의 일상이 너무 분주했으니까. 그럼 그렇게 열심히 기록한 이유는 무엇일까? 결국 나 보라고 쓴 셈인가?

통번역대학원을 졸업하고 번역 일을 하던 나는 다시 공부를 시작해 박사 학위를 받고 대학에서 글쓰기 수업을 담당하는 선생이 되었다. 글쓰기 선생이라는 길은 예전에 생각조차 해보지 못한 방향이었다. 인생은 이렇게 자주 우리의 예상을 벗어나곤 한다. 글쓰기 선생으로 살게 된 후 나는 우리가 어째서 글을 써야 하는지에 대해 생각하지 않을 수 없게 되었다. 대학생들은 글쓰기라고 하면 질색을 하고 10리 밖으로 도망가고 싶어 하는 게 보통이었기 때문이다.

지금까지 내가 내린 결론을 한마디로 요약하면 글쓰기는 대화를 위한 도구라는 것이다. 엄마가 쓴 일기는 엄마가 자신과 나누는 대화였고 세월이 흐른 후 내가 엄마의 삶과 대화하게 된 도구였으며 엄마와 내가 이 책을 읽어줄 독자들과 나누는 대화의 출발점이기도 하다.

글은 내 생각을 정리하고 감정을 객관화해 바라보도록

만드는 최고의 방법이고 공간과 시간의 격차를 뛰어넘어 그 생각과 감정을 남들에게 전달할 가장 효율적인 수단이다. 남들은 그 글을 읽으면서 자기 생각과 감정에 대해 새로이 바라볼 기회를 얻는다. 그렇게 소통이 이루어지면서 '우리'라는 공동체는 한 걸음 더 앞으로 나아가게 된다.

하지만 글쓰기는 쉽지 않다. 시간과 노력이 필요하다. 게다가 많은 이들이 부정적인 경험을 떠올리며 글은 대화가 아닌 일방적인 과제, 성적을 받거나 합격과 불합격을 가르는 시험 정도라고만 여기게 되니 자발적인 글쓰기는 더욱 어려워진다.

엄마한테는 글쓰기 본능이 있었던 모양이다. 어린 시절 글자만 보이면 읽어대던 독서열, 글쓰기에 나름대로 재주가 있다는 자부심(아마도 학창 시절에 글쓰기로 상을 받거나 칭찬을 들은 일이 많지 않았을까 싶다.)에다가 작가나 번역가로 살고 싶다는 희망 등등이 결합해, 거기에 특유의 성실함까지 발휘된 결과로 이렇게 많은 글을 남기게 되었나 보다. 그래서 명색이 글쓰기 선생인 나조차도 엄두를 내지 못하는 꾸준한 일기 쓰기가 가능했던 것이다.

자식들 뒷바라지가 끝난 후 엄마의 일상은 결혼 전과 많이 비슷해졌다. 여기저기 강의를 들으러 다니고 친구들을 만났다. 장을 보고 밥을 했다. 전시회를 관람하고 책을 읽었다. 지역 도서관이나 구민 문화회관 등에서 무료로 상영하는 영화도 열심히 보러 다녔다.

컴퓨터 사용이 서투르고 TV의 주문형 비디오 기능 활용도 낯설어했던 엄마는 60년대에 그러했듯 시간 맞춰 부지런히 몸을 움직여 영화가 상영되는 장소로 가서 감상하는 사람이었다. 비효율적인 방법으로 보이기도 하지만 다른 한편으로는 더 정성스럽게 집중하는 마음으로 영화와 만나는 길이었다는 생각도 든다. 건성으로 보다가 휙 중단해버리기 일쑤인 나와는 퍽 다른 감상법이 아닌가.

엄마의 글은 2017년 1월 17일에 끝난다. 남미 여행을 떠난 날이다. '출발일. 18:30 AA Dallas 行'이라는 한 줄이 마지막으로 남았다. 오후 비행기를 타러 집을 나서기 전에 적었던 모양이다.

1963. 12. 21. 엄마의 일기(일부)

엄마의 소금 볶던 날

천일염을 볶았다. 2015년 신안에서 생산된 소금. 2019년 봄까지 만 3년 넘게 친정집 계단 한구석에서 간수를 뺀 보송보송한 소금이다.

소금 볶기는 처음 해보는 일이다. 전에는 엄마가 주는 소금을 받아오면 그만이었다. 엄마는 천일염을 한 포대씩 사다가 간수 빼고 볶아서 통에 담아주셨다. 김치를 담그기도, 음식에 간하기도 가장 좋은 소금이었다.

이번에 볶은 소금은 엄마가 2015년 가을, 신안에 놀러 갔을 때 사 오셨던 것이다. 워낙 무거워 엄마가 겨우 대문 안에 들여놓은 포대를 내가 낑낑거리며 3층까지 올렸다. 아마 2018년쯤 볶을 작정이었을 텐데 엄마는 2017년 봄부터 7개월 동안 짧은 투병 기간을 보내고 떠나셨다. 엄마가 없는 친정집에는 볶아둔 소금이 많이 남았다. 나는 엄마 친구분들을 만났을 때 그 소금을 한 봉지씩 선물로 드렸다. 엄마를 추억할 수 있는 선물이라 생각했다.

2019년 5월이 되니 우리 집에도 소금이 똑 떨어졌다. 엄마가 사둔 소금을 내가 볶아야 했다. 포대를 열고 소금을 겨우 한 바가지 덜어내 물로 한 번 헹구고 볶는 데 두 시간쯤 걸렸다. 타지 않도록 불 앞에 서서 저으려니 땀이 난다. 일단은 이만큼만 볶고 추운 겨울이 오면 잔뜩 볶아야 할 것 같다.

이 소금으로 나는 국이며 찌개에 간을 하고 동치미며 깍두기를 만들 것이다. 좋은 소금을 먹어야 한다는 엄마 믿음을 그렇게 잇는다. 소금을 한 숟갈 떠낼 때마다 엄마를 떠올릴 것이다. 엄마가 주신 내 몸과 내 삶을 귀하게 잘 간수해야 한다고 생각하면서.

엄마와 함께한 세 번의 여행

초판 1쇄 발행 2019년 11월 11일
초판 2쇄 발행 2019년 12월 19일

지은이 • 이상원

펴낸이 • 박선경
기획/편집 • 권혜원, 한상일, 남궁은
홍보 • 권장미
마케팅 • 박언경
표지 디자인 • 엄혜리
제작 • 디자인원(031-941-0991)

펴낸곳 • 도서출판 갈매나무
출판등록 • 2006년 7월 27일 제2006-000092호
주소 • 경기도 고양시 일산동구 호수로 358-25 (백석동, 동문타워II) 912호
      (우편번호 10449)
전화 • (031)967-5596
팩스 • (031)967-5597
블로그 • blog.naver.com/kevinmanse
이메일 • kevinmanse@naver.com
페이스북 • www.facebook.com/galmaenamu

ISBN 979-11-90123-73-0/03810
값 14,000원

• 잘못된 책은 구입하신 서점에서 바꾸어드립니다.
• 본서의 반품 기한은 2024년 11월 30일까지입니다.

이 도서의 국립중앙도서관 출판예정도서목록(CIP)은 서지정보유통지원시스템 홈페이지(http://seoji.nl.go.kr)와 국가자료공동목록시스템(http://www.nl.go.kr/kolisnet)에서 이용하실 수 있습니다.(CIP제어번호: CIP2019041629)